Heinz Pürer

Einführung in die Publizistikwissenschaft

Fragestellungen, Theorieansätze, Forschungstechniken

VERLAG ölschläger

Reihe Uni-Papers

ISBN 3-88295-007-2
1. Auflage: September 1978
Verfasser: Dr. phil. Heinz Pürer

Amalienstr. 81, 8000 München 40, Tel. 089/28 49 42

Vorwort

Mit dieser Einführung in die Publizistikwissenschaft wird der *Versuch* unternommen, das weite Feld publizistikwissenschaftlicher Lehre und Forschung überblicksartig vorzustellen. Dabei kann sicher nicht in die Tiefe fachspezifischer Frage- und Teilfragestellungen vorgedrungen, aber - hoffentlich - ihre Vielzahl, Weite und Komplexität deutlich gemacht werden. Ausgehend von einem gesellschaftswissenschaftlichen Verständnis der Publizistikwissenschaft wird bei diesem Versuch der Beschreibung des Faches in folgenden Schritten vorgegangen:
Einer systematischen Darstellung des Lehr- und Forschungsfeldes der Publizistikwissenschaft (einschließlich der Entwicklung des Faches und der Klärung einiger Grundbegriffe) folgt die differenzierte Aufzählung bedeutender Fragestellungen, die die Publizistikwissenschaft in Zusammenarbeit mit anderen Sozialwissenschaften zu beantworten versucht: politologische, soziologische, (sozial-)psychologische und pädagogische. Ebenso werden die wichtigsten theoretischen Ansätze zur Analyse von Publizistik und Massenkommunikation vorgestellt. Ein weiteres Kapitel ist schließlich den im Fach häufig angewandten, sozialwissenschaftlichen Forschungstechniken gewidmet.

Die *Didaktik* für dieses "Grundgerüst" der Publizistikwissenschaft ist so angelegt, daß in der Bearbeitung der einzelnen Kapitel immer wieder gezielte Fragestellungen angedeutet bzw. benannt werden, deren Vertiefung oder Aufarbeitung in selbständiger Arbeit des interessierten Lesers - im Selbststudium oder in Seminargruppen - erfolgen kann. *Detaillierte Literaturangaben* finden sich am Ende jeden Kapitels; ergänzende Autorenverweise im Text beziehen sich größtenteils auf die vom Autor selbst verwendeten Quellen und sollen für den Leser zugleich Orientierungshilfen bei der Suche nach weiterer Literatur darstellen. Sowohl die verwendete wie auch die zum Weiterstudium empfohlene Literatur muß sich notgedrungen auf eine - in keiner Weise Ausschließlichkeitsanspruch erhebende - Auswahl relevanter und in der Mehrzahl allgemein erhältlicher bzw. in (Fach-) Bibliotheken zugänglicher Buch- und Zeitschriftentitel beschränken.

Gedacht ist dieses Buch primär für alle jene, die direkt oder indirekt, beruflich oder interessehalber, theoretisch oder praktisch mit den Medien zu tun haben: für Studienanfänger der Publizistik- und Kommunikationswissenschaft, für Journalisten und Medienmanager, für Medienpädagogen in Schule und Erwachsenenbildung sowie für jene interessierten "Laien", denen die Reflexion über das gesellschaftliche Phänomen Massenkommunikation ein persönliches Anliegen ist.

Für viele hilfreiche Anregungen bei der Arbeit an diesem Buch danke ich Herrn Dr. Walter Hömberg und Univ. Prof. Michael Schmolke; ebenso Frau Christiane Lacchini, die mit Umsicht und Sorgfalt das als Druckvorlage dienende Manuskript bewältigt hat.

Salzburg, im August 1978 Heinz Pürer

EINFÜHRUNG IN DIE PUBLIZISTIKWISSENSCHAFT

Fragestellungen, Theorieansätze, Forschungstechniken

	Vorwort	5
1.	Einleitung	9
1.1	Zur Entwicklung des Faches	9
1.2	Grundbegriffe	15
2.	Systematik der Publizistikwissenschaft	20
2.1	Das Lehr- und Forschungsfeld der „Publizistik“	20
2.2	Die Forschungsbereiche	26
2.2.1	Bereich „Kommunikator“	26
2.2.2	Bereich „Aussage“	31
2.2.3	Bereich „Medium“	36
2.2.4	Bereich „Rezipient/Wirkung“	40
3.	Publizistikwissenschaft als interdisziplinäre Sozialwissenschaft	45
3.1	Politologische Aspekte der Publizistik	47
3.1.1	Die Kommunikationsgrundrechte	47
3.1.2	Der Medien-„Zugang“	49
3.1.3	Die Medienorganisation	50
3.1.4	Die Massenkommunikationsfunktionen	51
3.2	Soziologische Aspekte der Publizistik	56
3.2.1	Sozialisation	57
3.2.2	Sozialisation und Massenkommunikation	61
3.2.3	Forschungsresultate	64
3.3	Psychologische Aspekte der Publizistik	67
3.3.1	Wirkungsfaktoren	67
3.3.2	Wirkungen	71
3.3.3	Kritik der Wirkungsforschung	76
3.4	Pädagogische Aspekte der Publizistik	79
3.4.1	Konzepte der Medienpädagogik	80
3.4.2	Begrifflichkeit der Medienpädagogik	84
3.5	Andere wissenschaftliche Aspekte der Publizistik	90
4.	Theoretische Ansätze der Publizistikwissenschaft	94

4.1 Historischer Exkurs: Frühe Ansätze der Beschäftigung mit den publizistischen Medien 96
4.2 „Normative Publizistik" (nach Emil Dovifat) 100
4.3 „Systematische Publizistik" (nach Walter Hagemann) 102
4.4 Die „funktionale Publizistik" (nach Henk Prakke) 105
4.5 Der „massenkommunikative Ansatz" (nach Gerhard Maletzke) . . . 110
4.6 Der „systemtheoretische Ansatz" 115
4.7 „Kritische Publizistik" 123
4.8 Der (Neo-)Marxistische Ansatz 128

5. Forschungstechniken der Publizistikwissenschaft 134
5.1 Das Interview 136
5.2 Die Aussagen-/Inhaltsanalyse 143
5.3 Die Beobachtung 149
5.4 Das Experiment 155
5.5 Zusammenfassung 159

1. Einleitung

1.1. Zur Entwicklung des Faches

Die Publizistik- und Kommunikationswissenschaft befaßt sich interdisziplinär mit den individuellen und gesellschaftlich ausgeprägten Formen *zwischenmenschlicher* (face-to-face) und *öffentlicher Kommunikation*,

- ihrer historischen (geschichtlichen) Genese
- ihren politischen und wirtschaftlichen Bedingungen
- ihren rechtlichen Organisationsformen
- ihren ökonomischen und technischen Zwängen
- ihren Wirkungsmechanismen und -prozessen.

Publizistik- und Kommunikationswissenschaft hat demzufolge als Untersuchungsgegenstand (= Materialobjekt):

- das *Gespräch* zwischen zwei oder mehreren Personen
- das *öffentliche Gespräch* (Vortrag, Rede, Predigt) und das politisch aktuelle Theater, so es öffentliche Bezüge aufweist ("originäre Publizistik")
- die *Massenmedien* allgemein und im besonderen

  Presse (Flugblatt, Flugschrift, Zeitschrift, Zeitung, Buch usw.)
  Rundfunk (Hörfunk und Fernsehen)
  Film (Spiel-, Dokumentations-, Kurz-, Trickfilm)

AV-Medien (Schall- und Bildplatte, Ton- und Bildcassette, Kabelfernsehen, Bildschirm- und Faksimilezeitung etc.)

Die Publizistik-und Kommunikationswissenschaft ist im Verlaufe ihrer Geschichte geistes- und sozialwissenschaftlich betrieben worden. Das verdeutlichen die - unterschiedlich verlaufenden - beiden Wissenschafts-"Traditionen" des Faches, die man benennen kann: die junge, 40- bis 60-jährige Wissenschaftsgeschichte der Publizistik- und Kommunikationswissenschaft (früher: "ZEITUNGSWISSENSCHAFT") hat sich, wie sie heute betrieben wird, entwickelt aus:

der zeitungswissenschaftlichen Tradition des deutschen Sprachraumes

- Diese war lange Zeit (bis in die 50er Jahre) nahezu ausschließlich *historisch* orientiert,
- hat also primär *Kommunikator- Medien- und Kommunikationsgeschichte* betrieben

der kommunikationswissenschaftlichen Tradition des anglo-amerikanischen Raumes

- Diese hat sich anfangs mit "Journalism" und Medienforschung (Pressegeschichte, Presserecht etc.) befaßt und ist seit den 30er Jahren als Kommunikationswissenschaft nahezu ausschließlich *empirisch-analytisch* ausgerichtet,
- hat sich also sehr bald in verschiedenen Disziplinen mit *Medienwirkung* befaßt

Erst etwa um 1960 beginnen in der Publizistik- und Kommunikationswissenschaft des deutschen Sprachraumes historische und empirische (oder geistes- und sozialwissenschaftliche) Tradition des Faches ineinander überzufließen, verlagert sich der Schwerpunkt der wissenschaftlichen Beschäftigung mit den Massenmedien hin zur empirisch-analytischen (also primär sozialwissenschaftlichen) Betrachtungsweise.

Im chronologischen Ablauf kann ein knapper, im Detail nicht ganz vollständiger Überblick über die Entwicklung des Faches wie folgt dargestellt werden:

Zeitungswissenschaftliche Tradition des deutschen Sprachraumes	*Kommunikationswissenschaftliche* Tradition des angloamerikanischen Sprachraumes
1916: Karl Bücher LEIPZIG 1919: Aloys Meister MÜNSTER 1922: Wilhelm Kapp FREIBURG/Breisgau	vor und um 1920 "Journalism" (Journalistik) - primär PRESSEGESCHICHTE - und PRESSERECHT - (Pseudo-)Praktische Ausbildung
1924: Karl d'Ester MÜNCHEN 1925: Martin Mohr BERLIN (ab 1928: Emil Dovifat) 1926: Erich Schulz DORTMUND 1927: Wilhelm Waldkirch HEIDELBERG	ab 1925: Anfänge der "Communication Research" (Kommunikationsforschung), bereits zwischen 1925 und 1930 zunehmende sozialwissenschaftliche Forschung (politologischer, soziologischer und sozialpsychologischer Orientierung)
1929: Köln 1938: Hans L.Zankl NÜRNBERG	Anfang der 30er Jahre Harold D. Lasswell (Politik-Wissenschaft)

1939: Walther Heide
WIEN
(Institut eröffnet 1942)

1940: Josef März
PRAG

ab etwa 1928 lehren als Zeitungswissenschaftler an den genannten Universitäten weiters:

Hans A.Münster
August Hinderer
Karl O.Kurth
Wilmont Haacke
Joachim Kirchner
und andere

nach 1945:

Emil Dovifat
BERLIN

Wilmont Haacke
GÖTTINGEN

Walter Hagemann
später Henk Prakke
MÜNSTER

Karl d'Ester
Hans Braun
MÜNCHEN

Ende der 30er Jahre
Paul Lazarsfeld (Soziologie)
Kurt Lewin (Experimental-Psychologie)

Anfang der 40er Jahre
Hovland (Experimental-Psychologie)

weiters sind als Kommunikationswissenschaftler tätig:

David Riesmann
Wilbur Schramm
Charles Osgood
Elihu Katz
Bernard Berelson
Daniel Lerner
George Gerbner
Joseph T.Klapper
Siegfried Kracauer
Ithiel de Sola Pool u.a.

Ab etwa 1960 macht sich der Einfluß kommunikationswissenschaftlicher Aspekte anglo-amerikanischer Prägung in der deutschsprachigen Publizistikwissenschaft zunehmend bemerkbar. Eine erste Zusammenfassung der kommunikationswissenschaftlichen Erkenntnisse der Amerikaner bringt Gerhard MALETZKE (Psychologie der Massenkommunikation, 1963).

Bereits während der 60er Jahre wird die Publizistik- und Kommunikationswissenschaft im deutschen Sprachraum interdisziplinär betrieben. Anfang der 70er Jahre beginnt die kommunikationspolitische, -soziologische und sozialpsychologische Aufarbeitung publizistikwissenschaftlicher Fragestellungen. Als theoretische Ansätze kristallisieren sich funktionalistische, systemtheoretische, kritisch-theoretische und marxistische Ansätze heraus.

Zum gegenwärtigen Zeitpunkt gibt es im deutschsprachigen Raum in der Bundesrepublik Deutschland, in der DDR, in Österreich und in der Schweiz folgende Universitätsinstitute und Lehrstühle für Publizistik, wie immer sie auch offiziell heißen mögen:

Bundesrepublik Deutschland	BERLIN (Harry Pross u.a.)
	BOCHUM (Heinz-Dietrich Fischer u.a.)
	DORTMUND (Kurt Koszyk u.a.)
	ERLANGEN/NÜRNBERG (Franz Ronneberger u.a.)
	GÖTTINGEN (Jörg Aufermann u.a.)
	MAINZ (Elisabeth Noelle-Neumann u.a.)
	MÜNCHEN (Otto B.Roegele, Wolfgang R. Langenbucher u.a.)
	MÜNSTER (Winfried B.Lerg u.a.)
	STUTTGART-HOHENHEIM (Manfred Rühl u.a.
Deutsche Demokratische Republik	LEIPZIG (Emil Dusiska)
Österreich	SALZBURG (Michael Schmolke u.a.)
	WIEN (Kurt Paupiè u.a.)
Schweiz	FRIBOURG (Florian Fleck u.a.)
	ZÜRICH (Ulrich Saxer u.a.)

Weiterhin existieren an manchen anderen akademischen Bildungseinrichtungen wie pädagogischen oder technischen Hochschulen kommunikationswissenschaftliche Institute oder Abteilungen.

Literatur:

BERELSON,Bernard: The State of Communication Research.- In: Public Opinion Quarterly, vol.23, 1/1959, pp 1-15.

DRÖGE,Franz W.; LERG,Winfried B.: Kritik der Kommunikationswissenschaft. In: "Publizistik" 10.Jg. 1965, S.251-284.

GROTH,Otto: Die Geschichte der Deutschen Zeitungswissenschaft.- München 1948.

HEIDE,Walther: Wie studiere ich Zeitungswissenschaft? -Essen 1943.

KIESLICH,Günter: Zum Selbstverständnis der Publizistikwissenschaft. In "Publizistik" 17.Jg. 1972, Heft 1, S.68-78.

LAZARSFELD,Paul: Am Puls der Gesellschaft. Zur Methodik der empirischen Soziologie.- Wien/Frankfurt/Zürich: Europa-Verlag 1968. (=Europäische Perspektiven).

LERG,Winfried B.: Paul Felix Lazarsfeld und die Kommunikationsforschung. Ein bio-bibliographisches Epitaph.- In: "Publizistik" 22.Jg. 1977, Heft 1, S.72-88.

MALETZKE,Gerhard: Publizistik zwischen Geistes- und Sozialwissenschaft.- Berlin: Spiess 1967

PUBLIZISTIK-ZEITUNGSWISSENSCHAFT. Communication Research. Journalism.Dokumentation 1970. Hrsg. von der Deutschen Gesellschaft für Publizistik- und Zeitungswissenschaft - Konstanz 1970 (Neuauflage in Vorbereitung).

ROEGELE,Otto B.: Die Zeitungswissenschaft im Streit der Fakultäten. In: "Publizistik" 11.Jg. 1966, S.390-398.

SCHOLAND,Hildegard; HÜTHER,Jürgen: Das Studium der Publizistikwissenschaft.- Paderborn 1969.

SCHRAMM,Wilbur: Mass Communication. 2nd Edition.- Urbana/Chicago/London: University of Illinois Press 1972.

1.2. Grundbegriffe

Die Terminologie der Publizistik- und Kommunikationswissenschaft ist von einigen zentralen Begriffen geprägt, die das Grundgerüst der fachlichen Diskussion darstellen. Es sind dies die Begriffe "Kommunikation", "Publizistik" und "Massenkommunikation". Im folgenden wird versucht, diese Begriffe zu klären und voneinander so trennscharf wie möglich abzugrenzen.

Kommunikation
ist der übergeordnete Begriff. Er ist weit faßbar, innerhalb unseres Faches jedoch eingegrenzt auf den sich der Sprachen, Zeichen und Symbole bedienenden Austausch von Bedeutungsgehalten zwischen zwei oder mehreren Personen, der auch nicht-sprachliche Elemente enthält. Kommunikation könnte also definiert werden als

> *verbales und/oder nonverbales miteinander-in-Beziehung-Treten von Menschen zum Austausch von Informationen.*

Kommunikation besteht demzufolge aus sprachlichen (verbalen) und nicht-sprachlichen (nonverbalen) Elementen der Bedeutungsvermittlung. Als *verbale* Elemente werden alle sprachlichen Formen der Kommunikation, des Redens und Sprechens bezeichnet. Sie werden auditiv wahrgenommen und - nicht ausschließlich, aber - primär rational, kognitiv erfaßt. Zu den *non-verbalen* Elementen gehören die Gestik und Mimik, nicht-sprachlich artikulierte Zeichen und Symbole. Non-verbale Kommunikation wird - nicht ausschließlich, aber primär - visuell erfaßt und emotiv, gefühlsmäßig wahrgenommen.
Kommunikation kann in verschiedenen Arten vor sich gehen:

- direkt oder indirekt
- wechselseitig oder gegenseitig
- privat oder öffentlich

In je verschiedenen ("Gesprächs"-)Situationen finden diese Arten von Kommunikation ihren Ausdruck. So kann das zwischenmenschliche Gespräch zwischen zwei Personen als private, direkte und wechselseitige Kommunikation bezeichnet werden.
Die Kommunikationsstruktur eines Vortrages vor einem präsenten Publikum dagegen ist meist zwar direkt, aber einseitig und öffentlich:Einer redet (vor einer kleineren oder größeren Öffentlichkeit), die anderen hören zu, ohne antworten zu können. Massenkommunikation wiederum verläuft öffentlich, indirekt und einseitig ab. Kommunikation subsumiert demzufolge auch Publizistik und Massenkommunikation.

Publizistische Kommunikation (kurz: Publizistik) ist ein im Verhältnis zur Kommunikation eingegrenzter Begriff: Publizistik meint "nur"

> *das öffentliche Miteinander-in-Beziehung-Treten von Menschen mittels originärer Kommunikationsformen und/oder technischer Medien zur Herstellung von Verständigung über Aktuelles in Zeit und Gesellschaft.*

Mit *originär*publizistischen Kommunikationsformen sind solche Formen öffentlichen Miteinander-in-Beziehung-Tretens gemeint, die sich nicht eines technischen Mediums bedienen und direkt ablaufen: die öffentliche Rede, der öffentliche Vortrag, die öffentliche Predigt, das öffentliche Lied, auch das (politisch aktuelle) Theater. Mit *technischen Medien* sind Kommunikationskanäle gemeint wie Zeitung und Zeitschrift, Hörfunk und Fernsehen.

Das besondere Charakteristikum der Publizistik ist aber nicht nur, daß sie öffentlich abläuft. Publizistische Kommunikation meint aktuelle, öffentliche Kommunikation. AKTUALITÄT hat dabei nicht nur eine zeitliche und räumliche Dimension, sondern auch eine politisch-gesellschaftliche, eine psychologische und eine zeitlos-gültige, eine medien-interne (so ist der Rundfunk "schneller" als die Zeitung). Aktualität impliziert also zugleich mehrere der genannten Dimensionen.

Publizistik ist kurz definiert worden als "öffentliche Aussage aktueller Bewußtseinsinhalte" (Hagemann). Wichtig für die Unterscheidung und Abgrenzung zur "Massenkommunikation" erscheint daher, daß Publizistik öffentlich vor sich geht, originär oder medial vermittelt abläuft sowie durch das Charakteristikum der Aktualität gekennzeichnet ist.

Massenkommunikation
ist der im Vergleich zu Kommunikation und Publizistik noch weiter eingeschränkte, im Lehr- und Forschungsfeld der Publizistik aber ausgeprägteste Begriff und meint "nur" jenen

> *öffentlichen Austausch von Informationen zur Herstellung von Verständigung in Zeit und Gesellschaft, der sich technischer Medien bedient.*

Die Wesensmerkmale der Massenkommunikation bestehen darin, daß MASSENKOMMUNIKATION öffentlich stattfindet, indirekt und einseitig abläuft, sich technischer Medien bedient und sich an ein disperses Publikum wendet. Im einzelnen können diese Wesensmerkmale der Massenkommunikation wie folgt umschrieben werden (nach MALETZKE, 1963):

- *öffentlich* d.h. allgemein zugänglich, für jeden potentiell erreichbar
- *indirekt* d.h. sie findet nicht "von Angesicht zu Angesicht" statt, sondern hat zwischengeschaltete Medien
- *einseitig* d.h. sie gestattet im Normalfall nicht die Möglichkeit des Antwortens, der "Rückkopplung", des "Feedback"
- *technische Medien* d.h. Massenkommunikation bedient sich technischer Apparate, um mit ihren Botschaften an die Empfänger heranzukommen; die

Medien sind die Informations- und Kommunikationsträger, -apparate und -vermittler:

- Zeitung, Zeitschrift, Flugblatt, Buch, Plakat (Druckmedien)
- Hörfunk, Fernsehen (Funkmedien)
- Foto, Film
- Schallplatte, Tonkassette; Bildkassette, Bildplatte, Video
- Kabel-Fernsehen, Bildschirm- und Faksimile-"Zeitung" (=neue Medien)

- *disperses Publikum* — d.h. die Empfänger der Massenkommunikation sind eine räumlich 'verstreute' Vielzahl von Menschen, die sich unter verschiedenen Bedingungen und in unterschiedlichen Situationen den Massenkommunikationsinhalten zuwenden

Im weiteren Sinne ist Massenkommunikation nicht zwingend mit dem Charakteristikum der Aktualität ausgestattet. Dennoch beschäftigt sich die Publizistik- und Kommunikationswissenschaft primär mit den "aktuellen" Massenmedien Zeitung, Zeitschrift, Hörfunk und Fernsehen, mit den gesamtgesellschaftlichen Bedingungen, Strukturen, Gesetzmäßigkeiten und Folgewirkungen der Massenkommunikation.

Literatur:

EINFÜHRUNG IN DIE KOMMUNIKATIONSWISSENSCHAFT. Der Prozeß der politischen Meinungs- und Willensbildung. Ein Kurs im Medienverbund, erarbeitet von einer Projektgruppe am Institut für Kommunikationswissenschaft der Universität München.- München: Verlag Dokumentation 1976.

KOSZYK,Kurt; PRUYS,Karl Hugo: dtv-Wörterbuch zur Publizistik. 2.Aufl.- München: Deutscher Taschenbuchverlag 1970. (=dtv 3032).

KUNCZIK,Michael: Massenkommunikation. Eine Einführung.- Köln/Wien: Böhlau 1977. (=Böhlau-Studienbücher).

MALETZKE,Gerhard: Psychologie der Massenkommunikation. Theorie und Systematik. 2.Aufl.- Hamburg: Verlag des Hans Bredow-Instituts 1973.

MERTEN,Klaus: Kommunikation. Eine Begriffs- und Prozeßanalyse.- Opladen: Westdeutscher Verlag 1977. (=Studien zur Sozialwissenschaft 35).

NOELLE-NEUMANN,Elisabeth; Schulz,Winfried: Publizistik. - Frankfurt am Main: Fischer 1971 (=Fischer-Lexikon 9).

2. Systematik der Publizistikwissenschaft

2.1. Das Lehr- und Forschungsfeld der "Publizistik"

Die Publizistik- und Kommunikationswissenschaft stellt keine Wissenschafts-Disziplin im klassischen Sinne dar, sondern umfaßt ein weites Forschungs-FELD. Sie bedient sich der Ergebnisse vieler anderer Wissenschaftszeige, um zu wissenschaftlichen Erkenntnissen zu gelangen. In der jüngeren und jüngsten Entwicklung der Publizistikwissenschaft werden ihre Fragestellungen interdisziplinär aufgearbeitet - so wie dies auch in den anderen Sozialwissenschaften geschieht. Jeder Systematisierungsversuch gestaltet sich daher relativ schwierig: nie wird man dabei alle denkbaren einschlägigen Lehr- und Forschungsfelder umfassend berücksichtigen können.

Als einer unter vielen bietet sich für einen derartigen Systematisierungsversuch der Ablauf des in gesellschaftliche und politische Bezüge eingebetteten *publizistischen Prozesses* an:

> Ein Journalist (= *Kommunikator*) berichtet über ein beobachtetes Ereignis mit seinem Artikel (= *Aussage*) in einer Zeitung oder im Rundfunk (= *Medium*); er wendet sich dabei an ein Publikum (= *Rezipienten*) und beabsichtigt (eventuell) eine Wirkung (= *Wirkung*).

LASSWELL hat diese Positionen in der folgenden Formel festzuhalten versucht:

WHO says	COMMUNICATOR
WHAT	CONTENT
in WHICH CHANNEL	MEDIUM
TO WHOM	RECIPIENT, AUDIENCE
WITH WHAT EFFECT	EFFECT

Dementsprechend läßt sich Publizistikwissenschaft u.a. wie folgt systematisieren:

Kommunikator-Forschung	hat die "Sender", die "Medienmacher", die Journalisten in ihrem engeren und weiteren Berufsumfeld als Untersuchungsgegenstand
Aussagen-Forschung	hat die in den Medien manifesten und latenten Inhalte zum Untersuchungsgegenstand
Medien-Forschung	hat die Massenmedien in ihren vielgestaltigen Ausprägungen und Eigengesetzlichkeiten zum Gegenstand
Rezipienten-Forschung	hat die Nutzer der Massenmedien, die Leser, Hörer und Seher zum Untersuchungsgegenstand
Wirkungs-Forschung	hat die von den Medien ausgehenden, sozial- und/oder individuell bedingten Wirkungen - Einstellungs-, Verhaltensweisen und -änderungen - zum Gegenstand

Keines der aufgezählten Lehr- und Forschungsfelder kann jedoch ausschließlich für sich betrachtet werden: da Abhängigkeiten gegenseitiger Natur gegeben sind, müssen bei der Aufarbeitung jeweils die anderen der genannten Gebiete mitberücksichtigt werden.

Wenn Publizistik- und Kommunikationswissenschaft - wie oben erwähnt - im sozialwissenschaftlichen Verständnis interdisziplinär betrieben wird, muß sie sich also auch anderer Wissenschaften als Hilfsdisziplinen bedienen, wie ebenso die Publizistikwissenschaft von diesen anderen Wissenschaften als Hilfswissenschaft herangezogen wird. So werden Phänomene individueller und/oder gesellschaftlicher Kommunikation - also das weite Feld der "Materialobjekte" der Publizistik- und Kommunikationswissenschaft - unter folgenden Aspekten erforscht:

HISTORISCH	Medien- und Kommunikationsgeschichte, nach Möglichkeit unter Berücksichtigung der politischen, sozialen, technischen usw. Gegebenheiten
PHILOSOPHISCH-ANTHROPOLOGISCH	Kommunikation als Grundvoraussetzung menschlicher Existenz, individueller Entfaltung; Massenkommunikation in ihrer Bedeutung für das gesellschaftliche Zusammenleben - kurz: cui bono; ethische und moralische Kommunikationscodices
SOZIOLOGISCH	individuelle und soziale Integration durch Kommunikation und vor allem Massenkommunikation, also: Massenkommunikation in ihrer Leistung für die Eingliederung des einzelnen in Verhaltensweisen der Gesellschaft: "Sozialisation" durch Massenkommunikation
(SOZIAL-) PSYCHOLOGISCH	Kommunikations- und Medienwirkung unter besonderer Berücksichtigung individuell und sozial bedingter gesellschaftlicher Integration; Medienwirkung und Sozialverhalten
POLITOLOGISCH	die politischen Bedingungen der Massenkommunikation, die wirtschaftlichen Abhängigkeiten, die technologischen Entwicklungen; innere und äussere Medienzwänge
PÄDAGOGISCH	die "Handhabung" der Massenmedien für individuelles und soziales Verhalten; der Einsatz der Massenmedien in Schule und Erwachsenenbildung: Medientransparenz, Medien-Gebrauch, selbsttätige Mediengestaltung, Video usw.
LINGUISTISCH	Kommunikations- und Medien-"Code": Medienverständlichkeit, Sprache der

Abbildung 1 Das Lehr- und Forschungsfeld der Publizistik- und Kommunikationswissenschaft

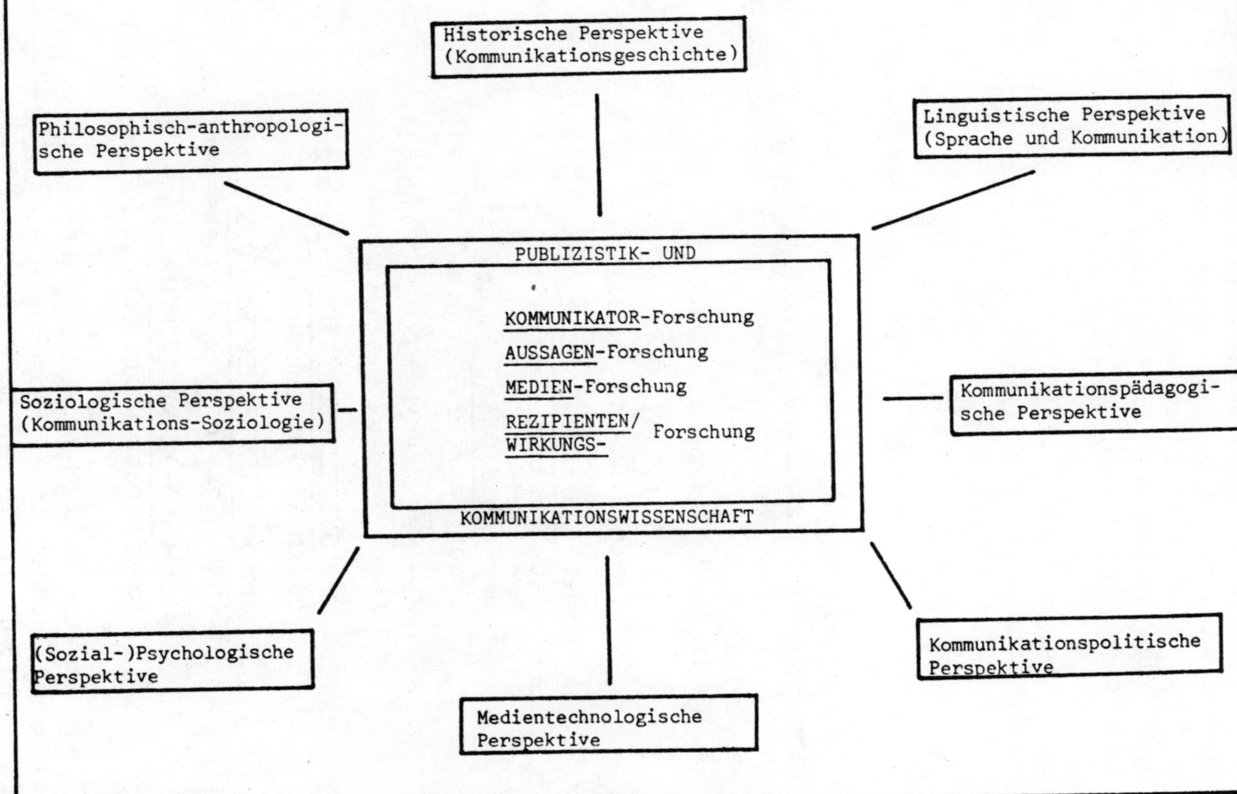

Massenmedien; restringierter, elaborierter Code usw.

Dieser Katalog von Forschungsperspektiven kann erweitert und vor allem kombiniert werden. In jüngerer Zeit kommt u.a. kybernetischen und technologischen Aspekten immer mehr Bedeutung zu.

Auch hier gilt, daß viele Fragestellungen in andere Wissenschaftsbereiche übergreifen und nach interdisziplinärer Aufarbeitung verlangen.

Im Schaubild läßt sich die beschriebene Systematisierung wie in Abbildung 1 aufgezeigt, darstellen.

Die Aufarbeitung des "Feldes" und der "Perspektiven" kann - je nach wissenschaftstheoretischem Standort des Forschers - von verschiedenen theoretischen Positionen aus erfolgen.
Häufig im Fach vorfindbare Ansätze sind:

der NORMATIVE Ansatz
(nach E.Dovifat u.a.)

der SYSTEMATISCHE Ansatz
(nach Walter Hagemann)

der FUNKTIONALE Ansatz
(nach Henk Prakke u.a.)

der MASSENKOMMUNIKATIVE Ansatz
(nach Gerhard Maletzke)

der SYSTEMTHEORETISCHE Ansatz
(nach Niklas Luhmann)

der KRITISCH-THEORETISCHE Ansatz
(nach Hans Magnus Enzensberger u.a.)

der (NEO-)MARXISTISCHE Ansatz
(nach Franz Dröge, Horst Holzer u.a.)

Diese Ansätze versuchen, publizistische Kommunikation als gesellschaftliches Phänomen - oder zumindest in ihrer Bedeutung für die Gesellschaft - zu interpretieren.

Für die Erarbeitung der theoretischen Erkenntnisse werden dabei unterschiedliche Methoden angewandt und zum Teil auch kombiniert: Die historische Methode, die der geschichtlichen Analyse und Interpretation dient sowie der empirisch-analytische Weg der erfahrungswissenschaftlichen Analyse und Interpretation. Sowohl die im Fach häufig vorfindbaren theoretischen Positionen wie auch vielfach angewandten Methoden werden unten noch vorgestellt (Kapitel 4. und 5.).

Literatur:

EINFÜHRUNG IN DIE KOMMUNIKATIONSWISSENSCHAFT. Der Prozeß der politischen Meinungs- und Willensbildung. Ein Kurs im Medienverbund. 2 Teile. Erarbeitet von einer Projektgruppe am Institut für Kommunikationswissenschaft der Universität München.- München: Verlag Dokumentation 1976.

KUNCZIK,Michael: Massenkommunikation. Eine Einführung. - Köln/Wien: Böhlau 1977.

LASSWELL,Harold D.: The structure and function of communication in society. In: Bryson,Lymon (Hrsg.): The communication of ideas.- New York: Harper 1948.

MALETZKE,Gerhard: Psychologie der Massenkommunikation. Theorie und Systematik.- Hamburg: Verlag des Hans Bredow-Instituts 1963 (2.Aufl. 1972).

MALETZKE,Gerhard (Hrsg.): Einführung in die Massenkommunikationsforschung.- Berlin: Verlag Spiess 1972.

SCHARF,Wilfried; SCHLIE,Otto: Zur Diskussion wissenschaftstheoretischer Probleme in Publizistik- und Kommunikationswissenschaft. In: "Rundfunk und Fernsehen" 21:1973, S.54-71.

SCHRAMM,Wilbur: Grundfragen der Kommunikationsforschung. 4.Auflage.- München: Juventa 1971.

2.2. Die Forschungsbereiche

Analog zur dargestellten Systematisierung werden im folgenden die Grundfaktoren des Forschungsfeldes kurz umschrieben und Fragestellungen aufgezeigt, mit denen sich Forschende und Lehrende zu befassen haben. Keine der Positionen des publizistischen Prozesses steht für sich allein. Beziehungen und (gegenseitige) Abhängigkeiten zu anderen Feldfaktoren sind nach Möglichkeit - und je nach Untersuchungsschwerpunkt - mitzuberücksichtigen. Die hier vorgenommene Systematik ist abgeleitet aus den vergleichbaren Systematisierungsversuchen etwa von Lasswell oder Maletzke, allerdings mit dem Unterschied bzw. der Ergänzung, daß gesamtgesellschaftliche Aspekte der Publizistik - also politische, ökonomische, soziologische, psychologische u.a. Perspektiven - miteinbezogen werden. Damit soll die Komplexität des Lehr- und Forschungsfeldes der Publizistikwissenschaft deutlicher und die bereits erörterte Forderung nach interdisziplinärem Studium verständlich gemacht werden.

Innerhalb der Systematik wird eingangs jeweils versucht, das zur Diskussion anstehende konkrete Feld kurz zu beschreiben und sodann jene Fragen aufzuzeigen, die sich bei der näheren Beschäftigung mit den Massenmedien stellen. Die so entstehenden Fragenkataloge werden zwar sicher nicht vollständig sein, vielleicht können sie jedoch den Leser dazu anregen, sich mit dem einen oder anderen aufgeworfenen Themenkomplex selbst näher zu befassen. Innerhalb dieser Ausführungen wäre es unmöglich, alle die aufgezeigten Fragestellungen ausführlich oder gar erschöpfend zu beantworten.

2.2.1. Bereich "KOMMUNIKATOR"

Im Bereich der *Kommunikatorforschung* befaßt sich die Publizistik- und Kommunikationswissenschaft vor allem mit Fragen an und über jene Personen oder Gruppen von Personen, "die an der Produktion von öffentlichen, für die Verbreitung durch ein Massenmedium bestimmten Aussagen beteiligt sind, sei es schöpferisch gestaltend oder selektiv oder kontrollierend". (Maletzke, 1963)

Kommunikatoren im engeren Feld der Publizistik sind somit alle Journalisten und Medienmitarbeiter bei Presse, Rundfunk (=Hörfunk und Fernsehen), Film usw., die direkt oder indirekt, offen oder verdeckt an der Entstehung, Be- und Verarbeitung, Selektion, Präsentation und Publikation journalistischer Aussagen - oder besser: der über die Medien vermittelten Inhalte, welcher Art auch immer - beteiligt sind. In den Untersuchungsbereich der Feldposition Kommunikator fällt der Nachrichtenredakteur einer internationalen Nachrichtenagentur ebenso wie etwa der Redakteur einer großen Tageszeitung; der Rundfunkreporter ebenso wie der freie Mitarbeiter einer kleinen, lokalen Wochenzeitung; der Fernsehkommentator ebenso wie der Filmregisseur; und der Auslandskorrespondent ebenso wie der freischaffende politische Publizist oder Wissenschaftsjournalist. Auch Presse- und Öffentlichkeitsreferenten gehören in den Objektbereich.
Die Publizistik- und Kommunikationswissenschaft versucht hier u.a. folgende Fragen zu beantworten:

- Selbstverständnis der Kommunikatoren, Selbstbild, Fremdbild (Einschätzung durch sich selbst und durch die Umwelt: die Kollegen und vor allem die Leser)
- Ausbildung der Kommunikatoren: Bildungsgang, Bildungsstand, Bildungswilligkeit, Fortbildungsverhalten
- Arbeitsbedingungen der Kommunikatoren: redaktionelle Gegebenheiten personaler, organisatorischer und technischer Art
- Arbeitsbeziehungen und Arbeitsabhängigkeiten der Kommunikatoren: äußere Pressefreiheit, innere Pressefreiheit; Beziehungen zu und Abhängigkeiten von Informanten, Inserenten, Lesern, Kollegen

- Berufsbild der Kommunikatoren: Tätigkeitsbereiche und -felder, Tätigkeitsarten und -merkmale; journalistische Eigenschaften und Problemsituationen

- persönliche Merkmale der Kommunikatoren: Alter, sozialer Status, journalistische Laufbahn, Einstellung zum Beruf

- gesellschaftliche Funktion der Kommunikatoren (korrespondiert mit dem Selbstverständnis): Multiplikator, Informator (objektiver Berichterstatter), Mediator (Vermittler), Kritiker, Anwalt, Sozius (Unterhalter)

- Nachrichtenbeschaffung und Auswahlkriterien der Kommunikatoren: Orientierungsmuster binnen- und außerredaktioneller Art, Blattlinie (Zeitung, Zeitschrift), Objektivitätsverpflichtung (Hörfunk, Fernsehen)

- Informationsquellen der Kommunikatoren: Agenturen, Institutionen (Regierungen, Verwaltung, Parteien, Verbände), Personen; Hierarchien und Instanzen; eigen- und fremdbeschaffte Informationen

- Sozialisation der Kommunikatoren: Eingliederung in redaktionelle Gegebenheiten; bewußte und unbewußte Übernahme von Verhaltensweisen sowie ausgesprochenen und unausgesprochenen Normen; Orientierung an Kollegen und Redaktionshierarchie

- Medienzwänge: Einfluß der technischen Eigengesetzlichkeiten auf die Kommunikatoren, Unterschiede zwischen Print- und Funkmedien

- Einstellung zu und Einschätzung von Medienfragen: Presse- und Meinungsfreiheit, Wettbewerb der Medien, Konzentration etc.

- Veränderungen des Berufsbildes durch neue Technologien (Fotosatz, Arbeit am Bildschirm), Arbeitsplatzsicherung
- Sprachcode der Kommunikatoren, Medienbedingtheit der Codes
- Leserbild der Kommunikatoren: Einschätzung und Beurteilung der Leser, persönliche und berufliche Konsequenzen
- Berufsmobilität der Kommunikatoren: Fach- und/oder Allroundjournalist, Print- und/oder Funkmedienjournalist; Medienwechsel, Arbeitsplatzwechsel, Positionswechsel.

KOMMUNIKATIONSFORSCHUNG wird in der sozialwissenschaftlich orientierten Publizistik- und Kommunikationswissenschaft hauptsächlich mit Hilfe folgender Methoden der empirischen Sozialforschung betrieben: mit *Interview, Beobachtung und Inhaltsanalyse* (vgl. Kapitel 5.1., 5.3. und 5.2.) Die wissenschaftliche Betrachtung bekannter Einzelpersönlichkeiten der Publizistik erfolgt in der Regel in der Form der Biographie.

Literatur: (Eine Auswahl):

Ausbildung

AUFERMANN,Jörg; ELITZ,Ernst (Hrsg.): Ausbildungswege zum Journalismus. Bestandsaufnahme, Kritik und Alternativen der Journalistenausbildung.- Opladen: Westdeutscher Verlag 1975 (=Studienbücher zur Sozialwissenschaft 18).

FISCHER,Heinz Dietrich; ROEGELE,Otto B.: Ausbildung für Kommunikationsberufe in Europa. Praktiken und Perspektiven.- Düsseldorf: Droste 1977.

HÖMBERG,Walter (Hrsg.): Journalistenausbildung. Modelle, Erfahrungen, Analysen.- München: Ölschläger 1978 (=Schriftenreihe der Deutschen Gesellschaft für Publizistik- und Kommunikationswissenschaft 1).

KIESLICH,Günter (Hrsg.): Der journalistische Nachwuchs in der Bundesrepublik Deutschland. Daten zur Volontärsausbildung in der Tagespresse. Bearb.von Eckart Klaus Roloff.- Köln: Bund-Verlag 1974.

PÜRER,Heinz: Berufsbegleitende Journalistenausbildung. Eine Dokumentation zur (außeruniversitären) Journalistenausbildung in Österreich.- Salzburg 1977 (=Arbeitsberichte des Instituts für Publizistik und Kommunikationswissenschaft der Universität Salzburg 5).

Berufsforschung

FABRIS,Hans Heinz: Der Journalist. Eine berufskundliche Studie.- Wien 1975 (=Schriftenreihe des Bundesministeriums für soziale Verwaltung 2.)

GRUBER,Thomas: Die Übernahme der journalistischen Berufsrolle. Eine sozialwissenschaftliche Analyse.- Nürnberg: Verlag der Nürnberger Forschungsvereinigung e.V. 1976 (=Nürnberger Forschungsberichte 3).

JACOBI,Ursula; NAHR,Günter; LANGENBUCHER,Wolfgang R.; ROEGELE,Otto B.; SCHÖNHALS-ABRAHAMSON,Marta: Manager der Kommunikation. Teil A: Die Rolle des Chefredakteurs im Spannungsfeld von Verlag, Redaktion und Leser. Teil B: Der Zeitungsverleger im Strukturwandel der Presse.- Berlin: Spiess 1977 (=AfK-Studien 3).

KRISTEN,Christian: Nachrichtenangebot und Nachrichtenverwendung. Eine empirische Fallstudie zum Gatekeeper-Problem.- Düsseldorf: Bertelsmann 1971 (=Gesellschaft und Kommunikation 9).

LANGENBUCHER,Wolfgang R.: Kommunikation als Beruf. Ansätze und Konsequenzen kommunikationswissenschaftlicher Berufsforschung. In: "Publizistik" 19:1974 (Heft 3-4), 20:1975 (Heft 1-2), S.256-277.

WIESAND,Andreas: Journalistenbericht. Berufssituation, Mobilität, publizistische "Vielfalt".- Berlin: Spiess 1977.

Praktischer Journalismus

DURTH,Karl Rüdiger: Praktische Zeitungslehre. Journalismus im Grundriß.- München: Institut zur Förderung publizistischen Nachwuchses e.V. 1974.

La ROCHE,Walther von: Einführung in den praktischen Journalismus. Mit genauer Beschreibung aller Ausbildungswege Deutschland, Österreich, Schweiz. 3.bearb.Auflage.- München: List 1976.

2.2.2. Bereich "AUSSAGE"

Die Publizistik- und Kommunikationswissenschaft befaßt sich in diesem Bereich primär mit allen "öffentlichen Aussagen von aktuell Erfahrenem, Gedachten und Gefühlten durch Berichterstattung, Meinungsbildung oder Unterhaltung" (Prakke), also den Inhalten der originärpublizistischen und der durch technische Medien vermittelten Kommunikation in ihrer visuellen, auditiven oder audiovisuellen Aufbereitung.

Zu den Publizistischen *Aussagen* zählen, wie erwähnt, zunächst einmal die originärpublizistischen Aussagen und Inhalte, Aussagen also, die sich in Form von öffentlichen Reden, Ansprachen, Vorträgen, Konferenzen, Predigten usw., aber auch auf der Theaterbühne manifestieren. Den weitaus größeren Teil der publizistischen Aussagen stellen allerdings die vielfältigen Inhalte der Massenmedien in allen ihren vielgestaltigen Präsentations- und Publikationsformen dar. In den Untersuchungsbereich der Aussageforschung gehört die öffentliche Parteitagsrede ebenso wie die Kirchenpredigt; das politisch-aktuelle Theaterstück ebenso wie die Pantomime als Ausdruck visueller Kommunikation; die Meldung der Nachrichtenagentur ebenso wie eine umfangreiche Zeitungsreportage; das Hörfunkinterview ebenso wie der Fernsehkommentar; das Hörspiel ebenso wie der Fernsehfilm; die Filmdokumentation ebenso wie das Werbeplakat, die Wandzeitung ebenso wie das Flugblatt.
Diese exemplarische Aufzählung verschiedener publizisti-

scher Aussagen bzw. Aussageformen macht deutlich, daß Aussagen nicht losgelöst von ihren Aussageträgern und den sie vermittelnden Medien gesehen werden können. Aussageforschung befaßt sich daher nicht nur mit den publizistischen Aussagen an sich, sondern auch mit den konkreten Bedingungen gesellschaftlicher und technischer Natur, unter denen sie entstehen, und mit den potentiellen Einflüssen, die von ihnen auf Aussageempfänger - unter je spezifischen Empfangsbedingungen - ausgehen können.

Die Publizistik- und Kommunikationswissenschaft versucht im Lehr- und Forschungsfeld *Aussage* unter anderem folgende Fragen zu beantworten:

- Arten von Aussagen: einfache, zusammengesetzte, komplexe usw.
- Formen von Aussagen: Meldungen, Nachrichten, Berichte, Reportagen, Interviews, Glossen, Kommentare, Leitartikel, Feuilletons, Rezensionen, Dokumentationen
- Journalistische Genres in Hörfunk, Fernsehen, Film
- Gestaltung von Aussagen: optisch-visuell; akustisch-auditiv
- medienspezifische Gestaltung von Aussagen: Druckmedien (einschließlich Flugblatt und Plakat); Funkmedien (Hörfunk und Fernsehen)
- Präsentations- und Publikationsformen von Aussagen (korrespondiert mit den Formen und der medienspezifischen Gestaltung), z.B. "objektive", ausgewogene Nachricht; meinungsbetonte Aussageform; Show, Moderation etc.
- Strukturen von Aussagen: Einzelelemente und Sinnzusammenhang, Argumentationstechniken, Argumentationsabfolge; starke

vor schwachen, schwache vor starken Argumenten

- Inhalte von Aussagen: unpolitische, politische, soziale, kulturelle, ökonomische, technische
- Funktionen von Aussagen: Information, Meinungsbildung, Belehrung, Unterhaltung
- Sinngehalte von Aussagen: rational faßbare, irrationale; konkrete und abstrakte; positive und negative; offene und verdeckte; beabsichtigte und unbeabsichtigte
- Verteilung von Aussagen: medienspezifisch und konkret medienbezogen; quantitativ und qualitativ
- Sprachcode von Aussagen: einfacher, nivellierter Code (=allgemeinverständlich, "restringiert"); gehobener, fachlicher, elitärer Code (nicht mehr allgemeinverständlich, "elaboriert", hochentwickelter Sprachgebrauch, Fachsprache)
- Messungen von Aussagen: quantitative und qualitative Messungen
- technische Zwänge der Gestaltung von Aussagen: Eigengesetzlichkeiten der Druck- und Funkmedien
- Analyse von Aussagen: Beschreibung (Deskription); Diagnose (Absichten des Kommunikators); Reflexion (Wünsche des Publikums); Prognose (potentielle Wirkung beim Empfänger/Publikum)
- Analyse von Aussagen: manifester und latenter In- und Gehalt
- Analyse von Aussagen: Sinnzusammenhang (Kontext); Singularität (vereinzelt auftretende Aussagen); Präsenz (Allgegenwärtigkeit von Aussagen).

Aussagenforschung wird in der sozialwissenschaftlich orientierten Publizistik- und Kommunikationswissenschaft mit Hilfe der Methode der *Inhalts- bzw. Aussagenforschung* betrieben (vgl. Kapitel 5.2.).

Literatur (Eine Auswahl)

"Theorie" zur Aussage

DRÖGE,Franz W.: Über Beziehungen zwischen Medium und Aussage. In: Medienforschung.- Berlin: Colloquium-Verlag 1974, S.34-43.

HASELOFF,Otto W.: Kommunikation. 2.,unveränd.Aufl.- Berlin: Colloquium-Verlag 1969.

MALETZKE,Gerhard: Psychologie der Massenkommunikation. Theorie und Systematik.- Hamburg: Verlag des Hans Bredow-Instituts 1963, bes. S.63-75.

Forschungstechniken (Inhalts- bzw. Aussagenanalyse)

BESSLER,Hansjörg: Aussagenanalyse. Die Messung von Einstellungen im Text der Aussagen von Massenmedien,- Bielefeld: Bertelsmann 1970 (=Gesellschaft und Kommunikation 4).

LISCH,Ralf; KRIZ,Jürgen: Grundlagen und Modelle der Inhaltsanalyse. Bestandsaufnahme und Kritik.- Reinbek bei Hamburg: Rowohlt 1978.

NOELLE-NEUMANN,Elisabeth; SCHULZ,Winfried: Publizistik. - Frankfurt am Main: Fischer 1971 (=Fischer Lexikon 9), besonders der Abschnitt "Methoden der Publizistikwissenschaft).

RITSERT,Jürgen: Inhaltsanalyse und Ideologiekritik. Ein Versuch über kritische Sozialforschung.- Frankfurt am Main:Athenäum 1972 (FAT Sozialwissenschaften).

WERSIG,Gernot: Inhaltsanalyse. Einführung in ihre Systematik und Literatur. 3.Aufl.- Berlin: Spiess 1974 (Erstauflage 1968) (=Schriften zur Publizistikwissenschaft 5).

Durchgeführte Analysen

GUGGISBERG,Marie-Therese: Das Auslandbild der Presse. Eine vergleichende Analyse der Auslandberichterstattung ausgewählter Zeitungen neutraler Kleinstaaten.- Bern/ Stuttgart: Haupt-Verlag 1976. (=Communicatio publica 6).

HÜTHER,Jürgen; SCHOLAND,Hildegard; SCHWARTE,Norbert: Inhalt und Struktur regionaler Großzeitungen.- Düsseldorf: Bertelsmann 1973. (=Gesellschaft und Kommunikation 18).

LIEBHART,Ernst H.: Nationalismus in der Tagespresse 1949-1966. Studien zur Anwendung quantifizierender Inhaltsanalyse.- Meisenheim a.Glan: Hain 1971 (=Kölner Beiträge zur Sozialforschung und angewandten Soziologie 12).

PLEYER,Peter: Nationale Stereotypen im gegenwärtigen deutschen Spielfilm. Eine aussagenanalytische Leitstudie des Instituts für Publizistik Münster.- Münster 1968. (=Arbeiten aus dem Institut für Publizistik der Universität Münster 5).

SANDIG,Barbara: Syntaktische Typologie der Schlagzeile. Möglichkeiten und Grenzen der Sprachökonomie im Zeitungsdeutsch.- München: Verlag Hueber 1971.

SCHÖNBACH,Klaus: Trennung von Nachricht und Meinung. Empirische Untersuchung eines journalistischen Qualitätskriteriums.- Freiburg/München: Alber 1977 (=Alber Broschur Kommunikation 5).

Aussageformen, journalistische Genres

DOVIFAT,Emil; WILKE,Jürgen: Zeitungslehre. 6.,neubearb. Auflage. 2Bde.- Berlin: de Gruyter 1976 (besonders Bd.1).

KECKEIS,Hermann: Das deutsche Hörspiel 1923-1973. Ein systematischer Überblick mit kommentierter Bibliographie.- Frankfurt am Main: Athenäum Verlag 1973.

RÜDEN,Peter von (Hrsg.): Das Fernsehspiel. Möglichkeiten und Grenzen.- München: Fink 1965.

RUGE,Peter: Praxis des Fernsehjournalismus. Ein Handbuch für Zuschauer, Kritiker und Publizisten.- Freiburg/München: Alber 1975. (=Alber Broschur Kommunikation 2), S.26-32 und S.68-95.

SOLF,Kurt Dieter: Fotografie. Grundlagen, Technik, Praxis.- Frankfurt am Main: Fischer 1973 (=Fischer Bücherei 6034).

2.2.3. Bereich "MEDIUM"

Der Bereich der Position *Medium* umfaßt alle jene technischen Instrumente und Apparaturen, mit deren Hilfe publizistische Aussagen an die Öffentlichkeit weitergeleitet und somit potentiell jedermann öffentlich zugänglich gemacht werden.

Die *Medien* der Massenkommunikation funktionieren nach je eigenen organisatorischen, wirtschaftlichen, technischen und nicht zuletzt politischen Gesetzmäßigkeiten. Für alle Medien ist im Normalfall jedoch gemein, daß sie Aussagen indirekt und einseitig an ein zumeist disperses (d.h. räumlich und/oder zeitlich verstreutes), selten nur räumlich präsentes Publikum vermitteln.

Zu den klassischen Medien der Massenkommunikation gehören: als Druckmedien Flugblatt und Flugschrift, Zeitung, Zeitschrift und Plakat; als Funkmedien Hörfunk und Fernsehen; weiters der Film. In einem weiter gefaßten Verständnis von Publizistik - im Sinne der Massenkommunikation - können auch Buch, Schallplatte, Ton- und Bildkassette, Bildschirm- und Faksimilezeitung, sowie Video in den Katalog der Medien mitaufgenommen werden.

Medienforschung im weiteren Sinne bezieht in ihre systematische und wissenschaftliche Untersuchung auch die "Institutionen, Wirkungen, Inhalte, Kommunikatoren, Rezipienten, die technischen, ökonomischen und organisatorischen Aspekte der öffentlichen sozialen Kommunikation" (Fabris) mit ein. Im engeren Sinne ist Medienfor-

schung konkret auf die Strukturen und Funktionen der Massenmedien bezogen.
Die Publizistik- und Kommunikationswissenschaft versucht im Lehr- und Forschungsfeld *Medium* unter anderem folgende Fragen zu beantworten:

- politische Strukturen der Medien: Medien-"Verfassungen" (privatwirtschaftlich, öffentlich-rechtlich); aktiver und passiver Zugang zu den Massenmedien; politische Verflechtungen
- wirtschaftliche Strukturen der Medien: Eigentums- und Besitzverhältnisse; Medienfinanzierung; wirtschaftliche Beziehungen und Abhängigkeiten; ökonomische und redaktionelle Verflechtungen
- organisatorische Strukturen der Medien: Medienmanagement, Medienorganisation (Verfassung), Medienverwaltung, Medienvertrieb (Distribution)
- technische Strukturen der Medien: druck- und funktechnische Probleme, Neuerungen und Trends; "neue Medien" und ihre - aus der technischen Struktur resultierenden gesellschaftlichen Konsequenzen
- Eigengesetzlichkeiten der Medien: Spezifika der Druckmedien (Zeitung, Zeitschrift, Buch, Plakat), Spezifika der Funkmedien (Hörfunk, Fernsehen), Spezifika des Films, Spezifika anderer und "neuer" Medien: technische Zwänge für Produzenten und Konsumenten
- Eigengesetzlichkeiten der Medien: Spezifika der Druck-, Funk- und anderer Medien unter soziologischem Aspekt: gesellschaftliche Auswirkungen der Medien
- Eigengesetzlichkeiten der Medien: Spezifika der Druck-, Funk- und anderer Medien unter psychologischem Aspekt:

individuelle und soziale sowie situative Auswirkungen der Medien

- spezifische Wirkungsmechanismen der Medien: Wirkungsintensität von Druck- und Funkmedien; Medieneinzelwirkung (DAS Fernsehen wirkt), Medienverbundwirkung (DIE Medien zusammen wirken)

MEDIENFORSCHUNG wird in der sozialwissenschaftlich orientierten Publizistik- und Kommunikationswissenschaft mit Hilfe folgender Methoden der empirischen Sozialforschung betrieben: INHALTS- bzw. AUSSAGENANALYSE, Beobachtung, Interview.
In den Bereich der Medienforschung gehört ebenso die historische Aufarbeitung publizistischer Phänomene, insbesondere die gesamte Presse- und Rundfunkgeschichte.

Literatur: (Eine Auswahl)

Medienforschung allgemein

FABRIS,Hans Heinz (Hrsg.): Medienforschung in Österreich. Bestandsaufnahme, Koordination und Programmatik. Veröffentlichung des Bundesministeriums für Wissenschaft und Forschung.- Wien/New York: Springer 1974.

MEDIENFORSCHUNG. Mit Beiträgen von Holger Rust, Ulrich Saxer u.a.- Berlin: Colloquium 1974. (=Forschung und Information 16).

Mediengeschichte

LINDEMANN,Margot: Deutsche Presse bis 1815. Geschichte der deutschen Presse, Teil I.- Berlin: Colloquium 1969. (=Abhandlungen und Materialien zur Publizistik 5).

KOSZYK,Kurt: Deutsche Presse im 19.Jahrhundert. Geschichte der deutschen Presse, Teil II.- Berlin: Colloquium 1966.

KOSZYK,Kurt: Deutsche Presse 1914-1945. Geschichte der deutschen Presse, Teil III.- Berlin: Colloquium 1972. (=Abhandlungen und Materialien zur Publizistik 7).

LERG,Winfried B.: Die Entstehung des Rundfunks in Deutschland. Herkunft und Entwicklung eines publizistischen Mittels. 2.Aufl.- Frankfurt am Main: Knecht 1970 (=Beiträge zur Geschichte des deutschen Rundfunks 1).

GREGOR,Ulrich; PATALAS,Enno: Geschichte des Films. (Lizenzausgabe der Neuausgabe 1.2.)- Reinbek: Rowohlt 1976.

KRACAUER,Siegfried: Von Caligari bis Hitler. Ein Beitrag zur Geschichte des deutschen Films.- Hamburg: Rowohlt 1958 (=rowohlts deutsche Enzyklopädie 63).

Presse, Rundfunk

BOHRMANN,Hans; SCHNEIDER,Peter: Zeitschriftenforschung. Ein wissenschaftlicher Versuch.- Berlin: Spiess 1975. (=Schriftenreihe zur Publizistikwissenschaft 5).

BREPOHL,Klaus: Die Massenmedien. Ein Fahrplan durch das Zeitalter der Information und Kommunikation.- München: Nymphenburger Verlagshandlung 1974.

DYGUTSCH-LORENZ,Ilse: Die Rundfunkanstalt als Organisationsproblem. Ausgewählte Organisationseinheiten in Beschreibung und Analyse.- Düsseldorf: Bertelsmann 1971. (=Gesellschaft und Kommunikation 8).

FLOTTAU,Heiko: Hörfunk und Fernsehen heute.- München/ Wien: Olzog 1972.

LANGENBUCHER,Wolfgang R.; TRUCHSESS,Wolfhard F.: Buchmarkt der neuen Leser.- Berlin: Spiess 1974 (AfK-Studien 2).

MASSENMEDIEN IN ÖSTERREICH. Benno Signitzer (Projektleiter) unter Mitarbeit von Hans H.Fabris, Josef Kemptner, Heinz Pürer und Michael Schmolke.- Wien: Internationale Publikationen Ges. 1977.

RATZKE,Dietrich (Hrsg.): Die Bildschirmzeitung. Fernlesen statt Fernsehen.- Berlin: Colloquium 1977.

RATZKE,Dietrich: Netzwerk der Macht. Die neuen und die alten Medien im Zeitalter der Kabelkommunikation.- Frankfurt am Main: Societätsverlag 1975.

RÜHL,Manfred: Die Zeitungsredaktion als organisiertes

soziales System.- Bielefeld: Bertelsmann 1969 (=Gesellschaft und Kommunikation 1).

WEMBER,Bernward: Wie informiert das Fernsehen? Ein Indizienbeweis.- München: List 1976.

2.2.4. Bereich "REZIPIENT/WIRKUNG"

Im Lehr- und Forschungsfeld *"Rezipient/Wirkung"* befaßt sich die Publizistik- und Kommunikationswissenschaft mit den Empfängern (Lesern, Hörern, Sehern) publizistischer Aussagen sowie mit allen jenen individuellen und gesellschaftlichen Prozessen und Veränderungen, die infolge des Einwirkens originärpublizistisch oder massenkommunikativ vermittelter Inhalte auf ihre Empfänger direkt oder indirekt verursacht werden. Rezipient im Prozeß originärpublizistischer und massenmedialer Kommunikation sind alle jene Personen, die eine publizistische Aussage soweit entschlüsseln, daß ihnen der Sinn der Aussagen "... - zumindest in groben Zügen - zugänglich wird" (Maletzke, 1963).

Die Summe der Empfänger publizistischer Aussagen bezeichnet man allgemein als Publikum, wobei prinzipiell zu differenzieren ist zwischen "Präsenzpublikum" und "dispersem Publikum".
Als "Präsenzpublikum" kann beispielsweise die Summe der (raumzeitlich) versammelten Kinobesucher bezeichnet werden; ebenso die Zuhörer einer Parteitagsrede, einer Kirchenpredigt oder auch die Besucher einer Theateraufführung. Für Präsenzpublika trifft im allgemeinen zu, daß ihre (Einzel-)Mitglieder sich unter relativ gleichen Zugangs-, Empfangs-, Motivations-, Selektions- und Situationsbedingungen sowie Erwartungen publizistisch vermittelten Inhalten zuwenden.
Mit "dispersem Publikum" ist die Vielzahl aller jener Einzelpersonen und (Klein-)Gruppen gemeint, und zwar sowohl jener, die die Aussagen bewußt aufnehmen (=Rezipienten) wie auch der nicht direkt Anteil nehmenden Zufalls- oder Gelegenheitsempfänger,die unter verschiedenen Medienzugangs-, Empfangs-, Motivations-,

Selektions- und Situationsbedingungen an verschiedenen Orten und zu verschiedenen Zeiten Zeitung lesen, Radio hören oder fernsehen. Im Sammelbegriff werden die Publika der Massenkommunikation auch mit dem vieldiskutierten, aber meist wenig präzisierten Begriff "Öffentlichkeit" bezeichnet.

Die Publizistik- und Kommunikationswissenschaft versucht im Lehr- und Forschungsfeld *Rezipient/Wirkung* unter anderem folgende Fragen zu beantworten:

- Mediennutzung generell: ihre Quantität und ihr Verlauf (Phasen)
- die Rezeptionsgewohnheiten generell: wann und wo wird Zeitung gelesen, Radio gehört, ferngesehen
- die Medienpräferenzen: welche Medien (Zeitung, Zeitschrift, Hörfunk, Fernsehen) werden bevorzugt genutzt und warum
- die Medienselektion: welche konkreten Zeitungen und Zeitschriften, Radio- und Fernsehprogramme bzw. -sendungen werden bevorzugt (zur Erstinformation) ausgewählt
- das Selektionsverhalten: nach welchen Gesichtspunkten werden welche Medienangebote bzw. Programme ausgewählt
- der Mediengebrauch: welche Medien bzw. Programme und Sendungen) werden zur persönlichen Information, für die Meinungsbildung, zum Lernen, zur Unterhaltung gebraucht
- das Rezeptionsverhalten: allein, in einer Gruppe, in der Familie, am Arbeitsplatz
- die Glaubwürdigkeit der Medien: welchen Medien (Print-, Funkmedien) wird mehr Glaubwürdigkeit eingeräumt und warum
- die Kommunikationsphasen: werden Medienprogramme willkürlich oder bewußt ausgewählt und wie sind die Auswahl- bzw. Kommunikationsphasen beschaffen; präkommunikative, kommunikative postkommunikative

- Intensität des Medienkonsums: welche sozialen Gruppen nutzen die Medien stark, welche nur schwach
- Vielfalt des Medienkonsums: welche Gruppen informieren sich aus einem, welche aus mehreren Medien
- Intensität der Medienwirkung: "spiegeln" oder "prägen" die Medien: Verstärker- kontra Wirkungsthese
- Bereiche der Wirkungen: Meinungen und Einstellungen, Verhaltensweisen der Leser, Hörer, Seher; Wissenserweiterung, Vermittlung gesellschaftlicher Normen
- soziale Wirkungen der Massenkommunikation (Eingliederung in Verhaltensweisen der Gesellschaft)
- politische Wirkungen der Massenkommunikation (auf Meinungen und Einstellungen)
- das besondere Problem der Wirkung von Gewaltdarstellungen in den Medien auf das Verhalten der Empfänger
- medienspezifische Wirkungen: wie wirken die Print-, wie wirken Funkmedien; wirkt ein Medium (die Zeitung, das Fernsehen) allein oder wirken die Medien im Verbund, im Zusammenspiel
- Art der Medienwirkung: wirken die Medien selbst direkt oder wirken die Medien indirekt (über "Meinungsführer": two-step-flow)
- Bedingungen und Abhängigkeiten der Medienwirkung: persönliche und situative Faktoren
- psychologische Aspekte der Medienwirkung

- soziologische Aspekte der Medienwirkung
- politische Aspekte der Medienwirkung

u.a.m.

Rezipienten- und Wirkungsforschung wird in der sozialwissenschaftlich betriebenen Publizistik- und Kommunikationswissenschaft mit Hilfe folgender Methoden der empirischen Sozialforschung betrieben: *Interview, Beobachtung, Experiment.*
(vgl. Kapitel 5.1., 5.4., 5.5.; siehe ebenso die Kapitel 3.2. über "Soziologische Aspekte der Publizistik" und 3.3. über "Psychologische Aspekte der Publizistik".)

Literatur: (Auswahl)

BAUER,Wolf; BAUR,Elke; KUNGEL,Bernd (Hrsg.): Vier Wochen ohne Fernsehen. Eine Studie zum Fernsehkonsum.- Berlin: Spiess 1976.

BLUMER,Jay G.; KATZ,Elihu (Ed.): The Uses of mass communications. Current Perspektives in gratification research.- Beverly Hills/London: Sage Publ.1974. (=Sage annual Reviews of communication research 3).

DRÖGE,Franz; WEISSENBORN,Rainer; HAFT,Hennig: Wirkungen der Massenkommunikation. 2.Aufl.- Frankfurt am Main: Athenäum Fischer 1973.

HACKFORTH,Josef: Massenmedien und ihre Wirkungen. Kommunikationspolitische Konsequenzen für den publizistischen Wandel. (Unter Mitarbeit von Ilka Heiner).- Göttingen: Schwartz 1976.

HALLORAN,James D.: Wirkungen des Fernsehens. (The Effects of Mass Communication. With Special Reference to Television. Aus dem Engl. übertragen von Uwe Magnus). - Hamburg: Verlag des Hans Bredow-Instituts 1966.

KATZ,Elihu; LAZARSFELD,Paul: Persönlicher Einfluß und Meinungsbildung.- Wien: Verlag für Geschichte und Politik 1962.

KUNCZIK,Michael: Gewalt im Fernsehen. Eine Analyse der potentiell kriminogenen Effekte.- Köln/Wien: Böhlau 1975.

LAZARSFELD,Paul; BERELSON,Bernard; GAUDET,Hazel: Wahlen und Wähler. Soziologie des Wahlverhaltens. (The People's Choice. Aus dem Engl.übertragen von R.F.Schorling).- Neuwied/Berlin: Luchterhand 1969. (=Soziologische Texte 1969).

MALETZKE,Gerhard: Psychologie der Massenkommunikation. Theorie und Systematik.- Hamburg: Verlag des Hans Bredow-Instituts 1963 (2.Aufl. 1972), bes. S.187-251.

NOELLE-NEUMANN,Elisabeth: Öffentlichkeit als Bedrohung. Beiträge zur empirischen Kommunikationsforschung. (Hrsg. von Jürgen Wilke).- Freiburg/München: Alber 1977 (=Alber Broschur Kommunikation 6).

RENCKSTORF,Karsten:Neue Perspektiven in der Massenkommunikationsforschung. Beiträge zur Begründung eines alternativen Forschungsansatzes.- Berlin: Spiess 1977. (=Beiträge zu Medientheorie und Kommunikationsforschung 16).

SCHRAMM,Wilbur (Hrsg.): Grundfragen der Kommunikationsforschung. 4.Aufl.- München: Juventa 1971.

WEISS,Hans-Jürgen: Wahlkampf im Fernsehen. Untersuchungen zur Rolle der großen Fernsehdebatten im Bundestagswahlkampf 1972.- Berlin: Spiess 1976 (=AfK-Studien 6).

3. Publizistikwissenschaft als interdisziplinäre Sozialwissenschaft

Mit dem stärker werdenden Interesse der deutschsprachigen Publizistikwissenschaft an den Ergebnissen der amerikanischen Kommunikationsforschung ist um 1960 ein Wandel im Selbstverständnis des Faches feststellbar. Die historische Perspektive, die Fixierung auf Medien- und Kommunikationsgeschichte, wird von der empirisch ausgerichteten, kommunikationswissenschaftlichen Orientierung zwar nicht verdrängt, doch wohl zunehmend überdeckt. Die Leistungen der medien- und kommunikationsgeschichtlichen Forschung bleiben aber unbestritten: Die gewonnenen Erkenntnisse über den Verlauf der historischen Entwicklung von Massenmedien und Massenkommunikation, über ihre politische und gesellschaftliche Einbettung tragen wesentlich dazu bei, die Ausprägungen der Kommunikationsgegenwart zu verstehen und zu erklären. Die historischen Erkenntnisse machen außerdem deutlich, wie rasant sich vor allem in unserem Jahrhundert die Massenmedien verändert haben: das Aufkommen von Hörfunk und Fernsehen und ihre rasche Verbreitung haben die Medienlandschaft verändert, die Arbeit in und mit den Massenmedien hat sich gewandelt und die Funktionen und Leistungen der Massenmedien sind vielfältiger geworden und haben an Bedeutung gewonnen. Noch nie zuvor in der Geschichte haben die Massenmedien eine so große Verbreitung und Reichweite gehabt wie heute; noch nie ist die Medienszene - auf nationaler und internationaler Ebene - von so "totaler Aktualität", von der Überwindung räumlicher und zeitlicher Distanz zwischen Ereignis und Übermittlung des Ereignisses an die Empfänger gekennzeichnet gewesen; und noch nie ist den Massenmedien so viel Aufmerksamkeit gewidmet und Bedeutung beigemessen worden wie in der Gegenwart.

Diese rasante - nicht zuletzt technologisch bedingte - Entwicklung der Massenkommunikation und ihre gesamtgesellschaftlichen Auswirkungen sind mit die Ursache dafür gewesen, daß sich viele Medienwissenschaftler von der historischen Perspektive weg hin zur gegenwartsbezogenen Betrachtung, zur empirisch-analytischen Aufarbeitung von Phänomenen der modernen Massenkommunikation gewendet haben. Die Komplexität des Materialobjekts, die politischen und wirtschaftlichen Verflechtungen, die individuellen und sozialen, direkt oder indirekt verursachten Wirkmechanismen des Zusammenspiels der Medien mußten zu diesem zunächst ohnehin bedächtig vor sich gehenden Wandel des Selbstverständnisses der Publizistik- und Kommunikationswissenschaft führen. Heute wird es als selbstverständlich betrachtet, Phänomene der Massenkommunikation aus der Sicht verschiedener Perspektiven aufzuarbeiten. So hat die Publizistik- und Kommunikationswissenschaft politologische, soziologische, (sozial-)psychologische und pädagogische Aspekte - um die wichtigsten zu nennen - zur Analyse und Erklärung ihrer komplexen Fragestellungen herangezogen. Im folgenden sollen daher jene Fragestellungen aufgezeigt werden, bei deren Abklärung andere sozialwissenschaftliche Disziplinen von der Publizistikwissenschaft herangezogen werden.

Literatur:

HÜTHER,Jürgen: Sozialisation durch Massenmedien. Ziele, Methoden, Ergebnisse einer medienbezogenen Jugendkunde. -Opladen: Westdeutscher Verlag 1975 (=Studienbücher zur Sozialwissenschaft 22), besonders S.44-51.

KIESLICH,Günter: Zum Selbstverständnis der Publizistikwissenschaft. In: "Publizistik" 17:1972, S.68-78.

MALETZKE,Gerhard: Publizistikwissenschaft zwischen Geistes- und Sozialwissenschaft.- Berlin: Spiess 1967.

SILBERMANN,Alphons; KRÜGER,Michael: Soziologie der Massenkommunikation.- Stuttgart/Berlin/Köln/Mainz: Kohlhammer 1973.

3.1. Politologische Aspekte der Publizistik

In allen politischen Systemen bedarf Massenkommunikation im Sinne des öffentlichen Austauschs von Informationen und Meinungen einiger wichtiger Grundvoraussetzungen: Prinzipiell muß publizistische Kommunikation gestattet und somit rechtlich abgesichert sein; Massenkommunikation bedarf also der KOMMUNIKATIONSGRUNDRECHTE. Außerdem müssen "Transportmittel" vorhanden sein, über die Massenkommunikation ablaufen kann: die (MASSEN-) MEDIEN als Träger und Vermittler aller jener Informationen und Meinungen und sonstiger Aussage- und Gestaltungsformen, die öffentlich ausgetauscht und verbreitet werden (sollen). Publizistik- und kommunikationswissenschaftliche Fragestellungen unter politologischem Aspekt haben daher jene gesamtgesellschaftlichen - in der Regel politischen - Bedingungen zum Gegenstand, unter denen sich Massenkommunikation vollzieht; das sind die folgenden untereinander in Zusammenhang stehenden Problemkomplexe:

1. *Die Kommunikationsgrundrechte*
2. *Der Medienzugang*
3. *Die Medienorganisation*
4. *Die Massenkommunikationsfunktionen*

3.1.1. Die Kommunikationsgrundrechte

Mit den KOMMUNIKATIONSGRUNDRECHTEN sind jene politischen, zum Teil gesetzlich verankerten Rahmenbedingungen gemeint, ohne die freier und öffentlicher Austausch von Informationen und Meinungen nicht erfolgen kann: Meinungs- und Informationsfreiheit (kurz auch mit dem Sammelbegriff "Pressefreiheit" bezeichnet) als die rechtlich-politischen Grundvoraussetzungen publizistischer Kommunikation. Meinungs- und Informationsfreiheit ist in den meisten politischen Systemen in Staatsverfassungs-, Bundesverfassungs- oder Staatsgrundgesetzen rechtlich verankert. *Meinungsfreiheit* bedeutet im wesentlichen, daß freie und öffentliche Meinungsäußerung in Wort, Schrift und Bild jedermann zusteht

und daß somit jedermann potentiell die Möglichkeit (nicht jedoch die uneingeschränkte Verwirklichungsmöglichkeit) eingeräumt wird, Meinungen frei zu äußern und öffentlich zu verbreiten.
Informationsfreiheit verbürgt allgemein das Recht, Informationen an die Öffentlichkeit zu geben sowie das Recht, sich selbst öffentlich verbreiteter Informationen zu bedienen - sich zu informieren.

Die politologische Aufarbeitung der Kommunikationsgrundrechte versucht somit zunächst die Analyse der *"Legalverfassung"* der Presse- und Informationsfreiheit, und zwar

im weiteren Sinne

- ihre Beschaffenheit in verschiedenen politischen Systemen (zu Zwecken des Systemvergleichs;)
- ihre Bedeutung für verschiedene Massenkommunikations-"Ebenen": auf nationaler, internationaler und globaler Ebene;
- ihre Bedeutung für technologische Veränderungen im Medienbereich (Kabelfernsehen, Satellitenfernsehen, "gefunkte" Zeitung SIGNITZER, 1975)
- daraus folgende Konsequenzen für den Informationsaustausch auf und zwischen den verschiedenen Kommunikations-"Ebenen";(PLOMAN 1977)

im engeren Sinne

- ihre konkrete nationalstaatliche Beschaffenheit (z.B. das deutsche Medienrecht; SCHIWY; SCHÜTZ, 1977)
- ihre genauere Differenzierung in "äußere" (gesetzlich auf Verfassungsebene garantierte) und "innere" (medien- und redaktionsinterne) Pressefreiheit (z.B. Redaktionsstatute etc.; SKRIVER, 1970)

3.1.2. Der Medien-"Zugang"

So in einem politischen System die Kommunikationsgrundrechte der Meinungs- und Informationsfreiheit gesetzlich garantiert sind, umfassen sie allgemein eine aktive und eine passive Komponente:

- die aktive Kommunikationsfreiheit meint das Recht des einzelnen, seine Meinung frei zu äußern und - freilich innerhalb gesetzlicher Regelungen und Einschränkungen - öffentlich bekanntzumachen, zu verbreiten: das Recht, *zu informieren;*
- die passive Kommunikationsfreiheit meint das Recht des einzelnen, sich öffentlich verbreiteter Meinungen und Informationen zu bedienen: das Recht, *informiert zu werden.*

Mit der Frage nach dem Zugang zu den Massenmedien wird daher versucht zu klären, wie die Kommunikationsgrundrechte gesellschaftlich verwirklicht sind, wie die *Realverfassung* ausgeprägt ist, d.h.

- wer "aktiven Zugang" zu den Massenmedien und somit tatsächlich die Möglichkeit hat, seine Meinung über die Massenmedien frei und öffentlich zu äußern und zu verbreiten - und somit die Möglichkeit, zur (politischen) Meinungs- und Willensbildung beizutragen und sie zu beeinflussen
- wer (nur) "passiven Zugang" zu den Massenmedien hat und somit die Möglichkeit, sich aus den Massenmedien umfassend zu informieren und zur eigenen politischen Meinungs- und Willensbildung beizutragen.

Da der "passive Zugang" zu den Medien, die Möglichkeit für den einzelnen also Zeitung zu lesen,Radio zu hören, fernzusehen usw. infolge der dichten Verbreitung und großen Reichweite der klassischen Massenmedien Presse und Rundfunk gesellschaftlich nahezu uneingeschränkt verwirklicht ist, wird die Frage des aktiven Medienzugangs intensiver diskutiert:

- welche Konzeptionen von ÖFFENTLICHKEIT, respektive politischer Öffentlichkeit denkbar und begründbar sind (HABERMAS, 1969; LUHMANN, 1971)
- wie politische ÖFFENTLICHKEIT gesellschaftlich realisiert bzw. repräsentiert ist (LUHMANN, 1971; HABERMAS, 1969)
- welche Personen, Institutionen, Organisationen und gesellschaftlichen Gruppen organisatorisch und technisch über die Massenmedien verfügen (PROKOP u.a., 1972; AUFERMANN u.a., 1973)
- und welche Personen in wessen Auftrag, mit welcher Legitimation und mit welcher Kompetenz unter welchen Bedingungen die Inhalte der publizistischen Kommunikation produzieren (GERBER/STOSBERG, 1969);

3.1.3. Die Medienorganisation

Die politologische Analyse der Kommunikationswirklichkeit kann das Kommunikations- und Medien-RECHT ("Legalverfassung") sowie den Massenkommunikations- und Medien-ZUGANG (Teil der "Realverfassung") nicht losgelöst von der Medien-ORGANISATION sehen, unter die auch die wirtschaftlichen und technischen Zwänge der Massenkommunikationsmittel fallen. Medien-ZUGANG und Medien-ORGANISATION stellen die *Realverfassung* eines Massenkommunikationssystems dar, die sich von ihrer *Legalverfassung* u.U. entscheidend abheben kann. Die Analyse der Organisationsstrukturen zielt darauf ab, das Massenkommunikationswesen eines politischen Systems exakt zu beschreiben und bestehende, die politische Öffentlichkeit mitbeeinflussende und mitbestimmende (Macht-)Faktoren transparent zu machen. Aus politologischer Sicht werden hinsichtlich der Medienorganisation insbesondere die folgenden Themenkomplexe untersucht:

- die vorfindbaren Organisationsstrukturen allgemein: staatlich, halbstaatlich, öffentlich-rechtlich, privatwirtschaftlich, gemischt (privatwirtschaftlich unter einem öffentlich-rechtlichen Dach) "verfaßte" Medien (KOSCHWITZ, 1974; PROKOP u.a., 1972)
- die in Zusammenhang mit der Organisationsstruktur stehenden wirtschaftlichen Bedingungen der Medienproduktion, insbesondere die Medienfinanzierung und daraus resultierende Beziehungen und Abhängigkeiten politischer und wirtschaftlicher Natur (PROKOP u.a. 1972; AUFERMANN u.a. 1973)
- im besonderen die finanzielle Abhängigkeit der Massenmedien von Anzeigen- und Werbeeinnahmen auch im Hinblick auf potentielle Einwirkungen in redaktionelle Bereiche
- das umfassende Problem der Pressekonzentration besonders im Hinblick auf Monopolisierung und Meinungsvielfalt (DIEDERICHS 1973; NUSSBERGER 1971)
- die nationalen und internationalen Verflechtungen der Medienwirtschaft und Medienprogrammproduktion sowie daraus resultierende Beziehungen und Abhängigkeiten; die technologischen Veränderungen sowohl im Bereich der Druck- wie auch der Funkmedien und ihre Konsequenzen für die Produktion und Rezeption der Medieninhalte und Programme (RATZKE 1976, 1977)
- der gesamte Bereich der Medienpolitik (ROEGELE, 1973)

3.1.4. Die Massenkommunikationsfunktionen

Unter politologischem Aspekt wird schließlich auch die von den Massenmedien sich teils selbst angemaßte, ihnen teils gesellschaftlich zugewiesene "öffentliche Aufgabe" hinterfragt. Dabei wird der stark verallgemeinernde Funktionskatalog, wonach die Massenmedien zu informieren (Information), zu kommentieren (Meinungsbildung), zu bilden und zu belehren (Wissenserweiterung) sowie zu unterhalten (Unterhaltung) haben, etwas genauer differenziert. Falls man überhaupt davon ausgeht, daß die Massenmedien eine "öffentliche Aufgabe" zu erfüllen haben, so läßt sich zur Diskussion der folgende Funktionskatalog benennen (nach RONNEBERGER 1974; SAXER 1974; STUIBER 1978):

- die Funktion, *Öffentlichkeit herzustellen*, d.h. gesamtgesellschaftliche Phänomene sowie politische Entscheidungen transparent zu machen, gesellschaftliche Auffassungen widerzuspiegeln und politische Meinungs- und Willensbildung zu ermöglichen
- die Funktion, politische *Kritik und Kontrolle* auszuüben, d.h. das gesamtgesellschaftliche Umfeld kritisch zu beobachten sowie das Medienumfeld selbst zu kritisieren und kontrollieren ("Rundumkontrolle")
- die *Sozialisationsfunktion*, d.h. zur gesellschaftlichen Integration beizutragen durch Spiegelung und Prägung gesellschaftlicher Normen und Verhaltensweisen, um dem Individuum die Eingliederung in das soziale Umfeld zu erleichtern
- die *Kultur- und Bildungsfunktion*, d.h. Kunst, Kultur, Brauchtum zu überliefern, zu vermitteln sowie über alle Bildungsbereiche zu Wissenserweiterung und Volksbildung beizutragen
- die *Unterhaltungsfunktion*, d.h. Entlastung, Entspannung und kreative Freizeitgestaltung zu ermöglichen
- die *Werbefunktion*, d.h. Werbebotschaften und Werbeinhalte zu übermitteln

Abbildung 2

IN WELCHEM POLITISCHEN SYSTEM

(Kommunikationsgrundrechte - Öffentlichkeit)

produziert
WELCHER 'SENDER'
- in wessen Auftrag
- unter welchen Bedingungen (engeres redaktionelles, weiteres soziopolitisches Umfeld)
- mit welcher Kompetenz (Ausbildung)
- mit welchem (politischen) Ziel

- WELCHE (politischen) AUSSAGEN
- informierender,
- kritisierender,
- belehrender,
- unterhaltender Art

durch WELCHES (Presse, Rundfunk)
- wie verfaßtes (privatwirtschaftlich; öffentlich-rechtlich)
- in wessen Besitz befindliches MEDIUM

- an WELCHE EMPFÄNGER

includiert
- soziale
- politische
- kulturelle Momente

Das Schema versucht
- den gesamtgesellschaftlichen Kontext zu berücksichtigen
- die gegenseitigen Relationen der Positionen zu verdeutlichen
- die Austauschbarkeit der Ausgangspositionen zu gestatten

Die Analyse publizistik- und kommunikationswissenschaftlicher Fragestellungen unter politologischer Perspektive ist innerhalb der von uns vorgenommenen Systematik nicht ausschließlich, aber primär auf die Lehr- und Forschungsfelder *Medium* und *Kommunikator* hin ausgerichtet, freilich unter Berücksichtigung des Gesamtzusammenhanges 'politisches System - Kommunikationssystem'. In Abbildung 2 ist dieser Bereich publizistik- und komunikationswissenschaftlicher Forschung schematisch dargestellt.

Literatur:

AUFERMANN,Jörg; BOHRMANN,Hans; SÜLZER,Rolf: Gesellschaftliche Kommunikation und Information. Forschungsrichtungen und Problemstellungen. 2 Bde.- Frankfurt: Fischer-Athenäum 1973.

DIEDERICHS,Helmut: Konzentration in den Massenmedien. Systematischer Überblick zur Situation in der BRD.- München: Hanser 1973 (=Reihe Hanser 120).

EINFÜHRUNG IN DIE KOMMUNIKATIONSWISSENSCHAFT. Der Prozeß der politischen Meinungs- und Willensbildung. Ein Kurs im Medienverbund, erarbeitet von einer Projektgruppe am Institut für Kommunikationswissenschaft der Universität München.- München: Dokumentation 1976. (Besonders die Studieneinheiten 2 und 3).

GERBER,Claus-Peter; STOSBERG,Manfred: Die Massenmedien und die Organisation politischer Interessen. Presse, Fernsehen, Rundfunk und die Verbände im Selbstbild der Bonner Journalisten.- Bielefeld: Bertelsmann 1969.

HABERMAS,Jürgen: Strukturwandel der Öffentlichkeit. Untersuchungen zu einer Kategorie der bürgerlichen Gesellschaft. 4.Aufl.- Berlin/ Neuwied: Luchterhand 1969.

KOSCHWITZ,Hansjürgen: Publizistik und politisches System. Die internationale Presse der Gegenwart und ihre Entwicklungstendenzen in unterschiedlichen Herrschaftsordnungen.- München: Piper 1974.

LANGENBUCHER,Wolfgang R.: Kommunikation als Beruf. Ansätze kommunikationswissenschaftlicher Berufsforschung. - München 1973.

LANGENBUCHER,Wolfgang R.: Zur Theorie der politischen Kommunikation.- München: Piper 1974 (Piper Sozialwissenschaft 22).

LUHMANN,Niklas: Politische Planung. Aufsätze zur Soziologie von Politik und Verwaltung.- Opladen: Westdeutscher Verlag 1971.

NUSSBERGER,Ulrich: Die Mechanik der Pressekonzentration. - Berlin: de Gruyter 1971.

PLOMAN,Edward W.: Communication and Law. The Search for New Approaches.- London: International Institute of Communication 1977.

PROKOP,Dieter: Massenkommunikationsforschung 1: Produktion.- Frankfurt am Main: Fischer 1972 (Fischer-Bücherei 6151).

PROKOP,Dieter (Hrsg.): Kritische Kommunikationsforschung. Aufsätze aus der Zeitschrift für Sozialforschung. Mit einer Einleitung von Oskar Negt.- München: Hanser 1972 (=Reihe Hanser 141).

RATZKE,Dieter: Netzwerk der Macht. Die neuen und die alten Medien im Zeitalter der Kabelkommunikation.- Frankfurt am Main: Societätsverlag 1975.

RATZKE,Dieter (Hrsg.): Die Bildschirmzeitung. Fernlesen statt Fernsehen.- Berlin: Colloquium 1977.

ROEGELE,Otto B.: Medienpolitik - und wie man sie macht. - Osnabrück: Fromm 1973 (=Texte-Thesen 40).

RONNEBERGER,Franz: Die politischen Funktionen der Massenkommunikation. In: Langenbucher, Zur Theorie ... a.a.O.

RÜHL,Manfred; WALCHSHÖFER,Jürgen: Politik und Kommunikation. Festgabe für Franz Ronneberger zum 65.Geburtstag.- Nürnberg: Verlag Nürnberger Forschungsvereinigung e.V. 1978.

SAXER,Ulrich: Funktionen der Massenmedien in der modernen Gesellschaft. In: Kurzrock,R.: Medienforschung.- Berlin 1974.

SCHIWY,Peter; SCHÜTZ,Walter (Hrsg.): Medienrecht. Stichwörter für die Praxis.- Neuwied/Darmstadt: Luchterhand 1977.

SIGNITZER,Benno: Regulation of Direct Broadcasting from Satellits. The UN Involvement.- New York/Washington/ London: Praeger Publishers 1976.

SKRIVER,Ansgar: Schreiben und schreiben lassen. Innere Pressefreiheit, Redaktionsstatute.- Karlsruhe: Müller 1970.

STUIBER,Heinz Werner: Zu den Funktionen der Massenkommunikation. Politische und soziale Orientierung als Grunddimension massenkommunikativer Leistungen. In: RÜHL/WALCHSHÖFER a.a.O. S.211-236.

ZOLL,Ralf (Hrsg.): Manipulation der Meinungsbildung. Zum Problem hergestellter Öffentlichkeit.- Opladen: Westdeutscher Verlag 1971. (="Kritik 4").

3.2. Soziologische Aspekte der Publizistik

Unter soziologischer Perspektive befaßt sich die Publizistik- und Kommunikationswissenschaft mit gesellschaftlichen Fragen der Massenkommunikation, und zwar in erster Linie mit dem Verhältnis Gesellschaft - Kultur - Massenkommunikation. Innerhalb dieses thematisch an sich breiten Spektrums liegt in jüngerer Zeit ein Schwerpunkt im Bereich der Sozialisationsforschung und damit im wesentlichen auf Fragen, die die Leistungen der Massenmedien als Vermittler klutureller Werte sowie gesellschaftlicher Normen und Verhaltensweisen für den Einzelnen und für die Gesellschaft (oder Teile der Gesellschaft) zum Gegenstand haben. Im folgenden wird daher versucht, diese komplexe Thematik zu umreißen. Dabei wird zunächst der Begriff Sozialisation allgemein geklärt, sodann die Beziehung Sozialisation - Massenkommunikation konkret erläutert und abschließend eine Reihe relevanter Forschungsbereiche der Sozialisation durch Massenkommunikation aufgezeigt.

3.2.1. Sozialisation

Mit *Sozialisation* bezeichnet man allgemein jenen natürlichen oder gesteuerten Prozeß, durch den ein Individuum in offene oder verdeckte Normen, Werte, Rollen und Verhaltensweisen einer Gesellschaft bzw. einer gesellschaftlichen Gruppe (eines sozialen Subsystems) eingegliedert wird. Im weiteren Sinne versteht man unter Sozialisation durchaus auch die Übertragung bzw. den Austausch von Normen, Werten, Rollen etc. auf bzw. zwischen Gruppen, Institutionen und Organisationen). *Sozialisation* ist demnach

- ein (Lern-)Prozeß
- bei dem soziokulturelle Normen und Werte eines gesellschaftlichen Systems (oder Subsystems)
- meist in Form von Rollen und bewußten oder unbewußten Verhaltensweisen
- eines gesellschaftlichen Systems oder Subsystems
- auf Individuen - und, im weiteren Sinne, auch auf Gruppen - übertragen werden

Der Prozeß der Sozialisation spielt sich im Rahmen vielschichtiger Handlungs- und Beziehungsgeflechte (sog. komplexer Interaktionen) ab, und zwar mit zunächst zwei unterscheidbaren Rollenkomplexen: jenem des *Sozialisators* und jenem des *Sozialisanden*.

Der *Sozialisator* (z.B. die Mutter, der Vater, der Lehrer, der Freund, der Partner) demonstriert oder oktroyiert Werte, Normen, Rollen, Verhaltensweisen, Wissen und übt allenfalls Druck durch Belohnung oder Bestrafung aus.

Der *Sozialisand* (z.B. das Kind, der Bruder, der Schüler) lernt, indem er bewußt oder unbewußt Wertorientierungen, Normenbindungen, Rollenerwartungen, Verhaltensweisen, Wissen übernimmt.

Neben diesen beiden Rollenkomplexen sind in der Sozialisation auch noch weitere Variablen zu berücksichtigen (nach HÜTHER, 1975; KUNCZIK, 1977).
Sozialisationsinhalte: die offen und latent übertragenen oder ausgetauschten Werte, Normen, Rollenmuster, Verhaltensweisen
Sozialisationsfelder: die individuellen und sozialen Bereiche, in denen sozialisiert wird (Familie, Schule, Beruf etc.)
Sozialisationsstadien (auch -Phasen): die - nicht trennscharf unterscheidbaren . Lebensabschnitte der Sozialisation:
die primäre Sozialisation in der Kindheit, die vorwiegend durch Intimbeziehungen im Familienverband erfolgt; die sekundäre Sozialisation, jener lebenslang andauernde Prozeß, der Jugend- und Erwachsenenalter permanent begleitet und über persönliche wie unpersönliche und abstrakte Sozialbeziehungen im engeren und weiteren gesellschaftlichen Umfeld vor sich geht (Berufsbereich, Freundeskreis, Partnerschaft etc.)
Sozialisationsrichtungen: physische, psychische, soziale
Sozialisationsmanifestationen: die individuellen Bereiche der Meinungen, Emotionen, des Wissens und Verhaltens gegenüber Personen, Gegenständen, Gruppen, Organisationen, Institutionen, in denen Sozialisation wirksam wird
Sozialisationsziele: beabsichtigte und/oder unbeabsichtigte Verfestigungen und Bestärkungen (Affirmationen) oder Veränderungen in Einstellungen, Emotionen, Wissen, Verhalten gegenüber Personen, Gruppen, Organisationen usw.

Unter verschiedenen Auffassungen über Ver- bzw. Ablauf der Sozialisation wird gefragt

- ob Sozialisation sich zuverlässig differenzieren läßt in der Dimension aktiv-passiv als normativer Vorgang der Anpassung des Sozialisanden an den Sozialisator
- oder als aktiv - reaktiver, wechselseitiger Vorgang der Übertragung und des Austauschs zwischen Sozialisator und Sozialisand
- wie es zu sozialisationswirksamen Beziehungen und gewissen Verhaltensweisen zwischen Sozialisator und Sozialisand kommt
- welche Persönlichkeitsmerkmale und Verhaltensweisen abhängige und unabhängige Variablen der Sozialisation darstellen
- in welchem Ausmaß ein Sozialisator auf den Sozialisanden einwirken muß und wie Sozialisanden darauf reagieren (Anpassung, Indifferenz, Ablehnung)

In der Soziologie ist das gesamte Feld der primären Sozialisation und somit die Bedeutung intimer und personenhafter Sozialbeziehungen innerhalb des Familienverbandes für die Eingliederung des Kindes in seine gesellschaftliche Umwelt relativ weit erforscht. Da jedoch immer mehr Sozialagenden an private oder öffentliche Institutionen und Organisationen abgetreten werden (Kindergarten, Schule, Vor- und Ausbildung usw.), unter denen sich auch die Massenmedien befinden, wird die sekundäre Sozialisation immer mehr Untersuchungsobjekt der Sozialwissenschaften.
In Abbildung 3, Seite 60 sind die Variablen der Sozialisation überblicksartig dargestellt.

Abbildung 3

Sozialisation

VARIABLE	abstrakt (in der Theorie)	konkret (in der Praxis)
SOZIALISATIONSAKTEURE	SOZIALISATOR	Mutter, Vater, Lehrer, Freund, Vorgesetzter, Partner, **Massenmedium** Gruppe, Institution, Organisation
	SOZIALISATIONSINHALT	Normen, Werte, Verhaltenweisen, Rollen
	SOZIALISAND	primär Individuum, auch Gruppe, Institution, Organisation
SOZIALISATIONSSTADIEN (-PHASEN)	PRIMÄRE SOZIALISATION	Kindheit – Intimbeziehungen im Elternhaus und Familienverband
	SEKUNDÄRE SOZIALISATION	Jugend, Erwachsenenphase – persönliche und unpersönliche, abstrakte Beziehungen im engeren und weiteren Sozialumfeld
SOZIALISATIONSFELDER	FAMILIE	Eltern, Verwandte
	VORSCHULE	Kindergarten, Volksschule
	SCHULE/LEHRE	Vorbildung, Allgemeinbildung, Ausbildung, Leistung
	BERUF	Profession, Tätigkeit, Leistung
	PARTNERSCHAFT	Lebensgemeinschaft, Ehe
	FREUNDESKREIS	Verwandte, Bekannte, peers
	FREIZEIT	Hobby, Urlaub, Kreativität
SOZIALISATIONSRICHTUNGEN	PHYSISCH	Körper, Leib – individuell (z.B. Reinlichkeit)
	PSYCHISCH	Seele – individuell (z.B. Gläubigkeit)
	SOZIAL	auf Gemeinschaft gerichtet u. angelegt
SOZIALISATIONS-MANIFESTATIONEN	MEINUNG/EINSTELLUNG	gegenüber Personen, Sachverhalten, Gegenständen
	KENNTNIS/WISSEN	über Personen, Sachverhalte, Gegenstände, Beziehungen
	EMOTION/GEFÜHL	gegenüber Personen, Sachverhalten, Institutionen
	VERHALTEN/HANDELN	gegenüber Personen etc.
SOZIALISATIONS-ZIELE	VERÄNDERUNG VERFESTIGUNG ÜBERTRAGUNG	von Meinung, Einstellung, Kenntnis, Wissen, Emotion, Gefühl, Verhalten, Handeln gegenüber Personen, Sachverhalten, Gegenständen.

3.2.2. Sozialisation und Massenkommunikation

Im Rahmen publizistikwissenschaftlicher Forschung wird, wie erwähnt, immer mehr auch die Bedeutung der Massenmedien für die Vermittlung und Übertragung sozialer, politischer und kultureller Werte, Normen und Verhaltensweisen intensiv untersucht. Unter soziologischem Aspekt stellen sich dabei die Fragen, welche sozialisierenden Leistungen von den Massenmedien ausgehen im Hinblick auf ihre Bedeutung als Informationsmultiplikatoren und Meinungsmacher, als Wissensvermittler und Bildungsgutträger, als Kulturübermittler und Unterhaltungsproduzenten sowie als Werbeträger für wirtschaftliche und politische Interessen.

Mit *Sozialisation durch Massenkommunikation* (RONNEBERGER, 1971) wird jener Lehr- und Forschungsbereich der Publizistik- und Kommunikationswissenschaft bezeichnet, dessen Untersuchungsobjekt sich nicht nur auf die Rezipienten- und Wirkungsforschung erstreckt, sondern auch in das Feld der Kommunikator- und Aussageforschung reicht, da ja die sozialisierenden Wirkungen, die von den Medien ausgehen, nicht zuletzt auf ihren vordergründigen und latenten Inhalten basieren und die Inhalte wiederum von Kommunikatoren produziert werden. Sozialisation durch Massenkommunikation darf daher nicht allein als Interdependenzverhältnis Massenmedium - Rezipient gesehen werden. Es sind allgemeine Fragen nach der Funktion der Massenkommunikation in der Gesellschaft sowie besondere Fragen nach Strukturen und Prozessen innerhalb der Medien selbst zu berücksichtigen. Wichtige Variablen der Mediensozialisation sind: der *Kommunikator*, die *Aussagen* bzw. *Inhalte* sowie der *Rezipient*.

Die (Medien-)Sozialisatoren

Innerhalb der geschilderten Perspektive werden die Kommunikatoren, also alle Medienschaffenden, die potentiell sozialisierende Inhalte der Massenmedien recherchieren, auswählen, gestalten und publizieren, als (Medien-)Sozialisatoren bezeichnet. Sie sind bei der Produktion der Massenkommunikationsinhalte selbst sozialisierenden Einflüssen ausgesetzt und arbeiten, mehr oder weniger eigen- oder fremdbestimmt, alleine (einzeln) oder in Gruppen (kollektiv) unter je verschiedenen Produktionsbedingungen. Für die Sozialisationsforschung im Bereich Kommunikator sind Fragestellungen von Bedeutung wie

- unter welchen äußeren (Medienorganisation) und inneren (Redaktion, Technik) Bedingungen
- in welchem engeren (Redaktionshierarchie, Kollegenschaft, persönlicher Status etc.) und weiteren Sozialumfeld (Schicht- und Gruppenzugehörigkeit)
- mit welcher Sachkompetenz (Ausbildung) und Berufsauffassung (Selbstverständnis, Moral etc.)
- mit welchen persönlichen Einstellungen und mit welchem Bild von den Lesern, Hörern, Sehern
- sowie mit welcher Absicht und mit welchem Ziel
- ein Kommunikator publizistische Aussagen über welches Medium richtet.

Der gesamte Bereich der Berufsfeld- und Berufsbildforschung ist auf diese Fragestellungen hin ausgerichtet.

Die (Medien-)Sozialisationsinhalte

Eine weitere wichtige Variable in dem vielseitigen Beziehungsgeflecht der Mediensozialisation stellen die Inhalte der Medien dar, also alle jene publizistischen, in verschiedenen Darstellungsformen aufscheinenden Programmangebote, von denen potentiell sozialisierende Wirkungen ausgehen. Hier werden Fragestellungen untersucht wie:

- Welche konkreten Medieninhalte (über Politik, Kultur, Wirtschaft, Soziales etc.)

- mit welchen Bezugsgegenständen und -feldern (Familie, Schule, Beruf, Arbeitsplatz, Freizeit, Hobby etc.)
- mit welchen offenen oder latenten Werten (kultureller, politischer, moralischer, sittlicher usw. Art)
- in welchem Umfang (Quantität, Dosierung) und über welches Medium (Presse, Hörfunk, Fernsehen etc.)
- sozialisierende Wirkungen auf welchen Kreis von Empfängern ausgehen.

Dieser Bereich der Inhaltsforschung erfaßt auch psychologische Phänomene der Medienwirkung, über die in Abschnitt 3.3. noch berichtet wird.

Die (Medien-)Sozialisanden

Die Empfänger potentiell sozialisierender Inhalte der Massenkommunikation werden als (Medien-)Sozialisanden bezeichnet. Sie bedienen sich in unterschiedlichen sozialen Beziehungen und Situationen mit verschiedenen Interessen sozialisierender Programmangebote der Massenmedien, vielfach ohne sich in ihre Rolle - trotz bzw. wegen ständig auf sie einwirkender sozialisierender Einflüsse - als Mediensozialisanden bewußt zu sein und vielfach auch ohne zu wissen, daß sie als Leser, Hörer und Seher die Massenmedien nicht nur gebrauchen sondern von den Medien auch gebraucht werden (z.B. in der Werbung). Hier wird versucht zu ergründen:

- In welcher individuellen Entwicklungsphase (Alter, Geschlecht, Bildungsstand)
- welchem engeren (Familie, Beruf) und weiteren Sozialumfeld (Status, Schicht) zugehörig
- mit welchem Wertsystem (politischer, moralischer, kultureller, sittlicher usw. Art) ausgestattet

- in welchem Umfang (Quantität) und mit welchen Zuwendungs- und Auswahlgewohnheiten (zufälliges, gezieltes Lesen, Hören, Sehen)
- sich welche Medienempfänger welchen Inhalten zuwenden
- und welche sozialisierenden Wirkungen festzustellen sind.

3.2.3. Forschungsresultate

Konkrete Forschungsresultate zur Mediensozialisation liegen bisher vor allem über folgende Bereiche vor:

- über die bei den Mediensozialisatoren selbst wirksamen und durch sie bedingten Sozialisationsmechanismen; in der *journalistischen Berufsforschung* gibt es relativ umfassendes Datenmaterial zu Ausbildung, Berufsfeld und Berufsbereich, berufspolitischen Aspekten journalistischen Handelns, zu Berufsmotivation und journalistischem Selbstverständnis (vgl. dazu auch die Literaturangaben zu Abschnitt 2.1.)
- über das *Sozialisationspotential* verschiedener Medieninhalte politischer, sozialer, kultureller und werblicher Natur, ebenso über die Darstellung gewalttätiger Handlungs- und Verhaltensweisen (da für diese Bereiche der Medienwirkung auch psychologische Aspekte von Bedeutung sind, wird darauf in Abschnitt 3.3.2. noch näher eingegangen)
- über das Zusammenwirken von Massenmedien, Organisation und persönlichem Kontakt, also über die These vom *"two-step flow of communication"* (des Zwei-Stufen-

Flusses), ihrer Widerlegung und Weiterführung (KREUTZ, 1971)

- über medienspezifische Sozialisationswirkungen insbesondere des Fernsehens auf die *Entwicklung des Lernens, Denkens und der Intelligenz* (Vorschul- und Kinderfernsehen (STURM, 1971; LEIFER, 1975; SESAME STREET-INTERNATIONAL, 1976)
- über Sozialisationswirkung der Massenkommunikation auf *politische Einstellungen* und politisches *Verhalten* (GEISSLER, 1973; EINFÜHRUNG IN DIE KOMMUNIKATIONSWISSENSCHAFT, 1976)
- über die Bedeutung der *Werbeinhalte* der Massenkommunikation für die Übernahme von Wertmustern sowie für das Kaufverhalten (HERMANNS, 1972)

<u>Literatur:</u>

Zum Grundstudium

HÜTHER,Jürgen: Sozialisation durch Massenmedien. Ziele, Methoden, Ergebnisse einer medienbezogenen Jugendkunde. - Opladen: Westdeutscher Verlag 1975.

RONNEBERGER,Franz (Hrsg.): Sozialisation durch Massenkommunikation. Der Mensch als soziales und personales Wesen, Bd.4.- Stuttgart: Enke 1971.

Weiterführende Literatur und Einzelfragen

EINFÜHRUNG IN DIE KOMMUNIKATIONSWISSENSCHAFT. Der Prozeß der politischen Meinungs- und Willensbildung. Ein Kurs im Medienverbund, erarb. von einer Projektgruppe am Institut für Kommunikationswissenschaft der Universität München. 2 Teile.- München: Dokumentation 1976 (bes. Studieneinheit 10, S.323-358).

FERNSEHEN UND BILDUNG.Internationale Zeitschrift für Medienpsychologie und Medienpraxis.- München: Verlag Dokumentation. (Der gesamte Jahrgang 1975 - die Hefte

1-3) beinhalten schwerpunktmäßig Fragen der Sozialisation durch Massenkommunikation.

FREY,Hans-Peter: Theorie der Sozialisation. Integration von system- und rollentheoretischen Aussagen in einem mikrosoziologischen Ansatz.- Stuttgart: Enke 1974.

GEISSLER,Rainer: Politische Bewußtseinsbildung durch Massenmedien. Zur Rolle der Massenmedien in der politischen Sozialisation. In: "Vorgänge" 1973, Heft 6, S.30-50.

GOTTSCHALCH,Wilfried u.a.: Sozialisationsforschung. Materialien, Probleme, Kritik.- Frankfurt: Fischer 1971. (=Texte zur politischen Theorie und Praxis).

HERMANNS,Arnold: Sozialisation durch Werbung. Sozialisationswirkung von Werbeaussagen in den Massenmedien. - Düsseldorf: Bertelsmann 1972 (=Gesellschaft und Kommunikation 15).

HOLZER,Horst: Kommunikationssoziologie. Reinbek: Rowohlt 1973 (=rororo Studium. Sozialwissenschaft 39).

KREUTZ,Henrik: Einfluß von Massenmedien, persönlicher Kontakt und formelle Organisation. Kritik und Weiterführung der These "two-step flow of communication". In: Ronneberger (Hrsg.): Sozialisation durch Massenkommunikation, a.a.O., S.172-241.

KUNCZIK,Michael: Massenkommunikation. Eine Einführung.- Köln/Wien: Böhlau 1977 (bes. S.185-206).

LEIFER,Aimeé Dorr: Kind und Fernsehen - Aktionsplan für künftige Forschungen. In: "Fernsehen und Bildung" 9:1975, Heft 1, S.9-28.

McQUAIL,Denis: Soziologie der Massenkommunikation.- Berlin: Spiess 1973. (Beiträge zur Medientheorie und Kommunikationsforschung 10.)

RÜHL,Manfred: Berufliche Sozialisation von Kommunikatoren. Zum Beispiel: Volontäre. In: Ronneberger (Hrsg.) Sozialisation durch Massenkommunikation, a.a.O., S.126-150.

SESAME STREET-International. In: "Fernsehen und Bildung" 10:1976, Heft 1-2, (Themenheft zu Sesame Street).

SILBERMANN,Alphons; KRÜGER,Udo Michael: Soziologie der Massenkommunikation.- Stuttgart/Berlin/Köln/Mainz: Kohlhammer 1973.

STURM,Herta: Fernsehen und Entwicklung der Intelligenz. Kritische Überlegungen zu medienspezifischen Sozialisationswirkungen. In: Ronneberger (Hrsg.): Sozialisation durch Massenkommunikation, a.a.O., S.290-304.

WEIDMANN,Fred: Grundlagen einer Kommunikationssoziologie.- Hamburg: Buske-Verlag 1972.

3.3. Psychologische Aspekte der Publizistik

Während sich, wie im vorhergehenden Abschnitt zu erläutern versucht wurde, die soziologische Orientierung publizistikwissenschaftlicher Forschung mehr mit dem gesellschaftlichen Umfeld des Individuums und seines vielschichtigen Beziehungsgeflechts im Hinblick auf sozialisierende Wirkungen der Massenmedien befaßt, untersucht man in der Publizistik- und Kommunikationswissenschaft unter psychologischem Aspekt jene Prozeßabläufe zwischen Kommunikator und Rezipient, die sich (nicht nur in der zwischenmenschlichen, persönlichen Kommunikation sondern auch) in der Massenkommunikation ereignen und mittelbar oder unmittelbar Wirkungen beim Rezipienten auslösen. Innerhalb dieser Perspektive liegt das besondere Interesse in der Erforschung der Wirkung von Kommunikation und Massenkommunikation. Im folgenden wird daher versucht darzustellen, welche kommunikativen Faktoren für Massenkommunikationswirkungen ausschlaggebend sind sowie welche konkrete Massenkommunikationswirkungen man feststellen kann.

3.3.1. Wirkungsfaktoren

Aus psychologischer Sicht stellen bestimmte Merkmale, Qualitäten und Attribute des *Kommunikators* (der in der Massenkommunikation gewöhnlich als Journalist, Politi-

ker, Fachmann, Gruppenrepräsentant usw. in Erscheinung tritt) der vom Kommunikator vermittelten *Aussage* (in welcher Darbietungsform auch immer) sowie vor allem des *Rezipienten* als Empfänger (als Leser, Hörer oder Seher - und somit als Kommunikations-"Partner") die wichtigsten Wirkungsfaktoren dar.
Beim *Kommunikator* konfigurieren u.a. die folgenden Variablen, die für die Wirkung einer Kommunikation beim Empfänger (auch bei der von den Medien übermittelten Kommunikation) von Bedeutung sind:

- seine Persönlichkeit
- seine physischen und psychischen Attribute
- seine Gruppenzugehörigkeit und sein Status
- seine Sachkompetenz
- seine Glaubwürdigkeit
- sein Prestige

Diese Merkmale beeinflussen - mehr oder weniger intensiv - die Bewertung des Kommunikators durch den Rezipienten und somit die Wirkung.

Für die *Aussage*, den Kommunikationsinhalt, sind u.a. folgende Variablen zu benennen, die eine Wirkung mitbeeinflussen:

- ihr Sinn und Gehalt
- ihre Form und ihr Stil
- ihre Sprache und Verständlichkeit
- ihre Glaubwürdigkeit
- ihre Art der Argumentation und der Schlußführung

Diese Merkmale der Aussage tragen zu Einschätzung und Bewertung durch den Rezipienten bei, zu ihrer Annahme oder Zurückweisung - und damit zu Wirkungen.

Den wichtigsten Faktor in der Kommunikationswirkung stellt der *Rezipient* selbst dar. Folgende Merkmale sind u.a. zu unterscheiden:

in der "präkommunikativen Phase" (jener Phase also, bevor eine Kommunikation stattfindet)

- sein Wissensstand über den Kommunikationsinhalt
- seine dazu vorgefaßte Meinung
- seine aktuelle Kommunikationsbedürfnislage
- seine Kommunikationserwartung und -motivation
- seine Ich-Beteiligung

In der "kommunikativen Phase" (jener Phase also, in der eine Kommunikation tatsächlich stattfindet)

- seine Kommunikations- (Aufnahme-) Situation
- sein Auswahlmechanismus ("selektive Wahrnehmung")
- sein individueller "Filter"
- seine physische und psychische Konstitution
- seine Einschätzung des Kommunikators und des Kommunikationsinhalts
- seine Übereinstimmung oder Nichtübereinstimmung mit dem Kommunikator und/oder der Aussage

in der "postkommunikativen Phase" (jener Phase also, nachdem eine Kommunikation stattgefunden hat)

- sein Behaltens- und Erinnerungsvermögen
- seine zusätzlichen interpersonellen Kommunikationskontakte
- allfälliger Empfang anderer Aussagen zum selben Kommunikationsinhalt

Das Zusammenwirken der hier aufgezählten Merkmale der unmittelbar an einer Kommunikation beteiligten Faktoren bedingt Kommunikationswirkung, individuell freilich unterschiedlich stark oder schwach, kurz- oder langfristig, physisch oder psychisch ausgeprägt.

Die vor allem in der *Massenkommunikation* Wirkung bedingenden Variablen psychologischer wie soziologischer Art hat MALETZKE schematisch dargestellt (siehe Abbildung 5, Seite 112). Es sind dies:

Beim Rezipienten: sein Selbstbild, seine Persönlichkeit, seine sozialen Beziehungen, seine Rolle als Glied des dispersen Publikums, sein Bild vom Medium und vom Kommunikator; Akt des Auswählens und Aufnahmens der Aussagen sowie allenfalls sich einstellende Wirkungen hängen von den genannten Kriterien ab.

Beim Kommunikator: sein Selbstbild, seine Persönlichkeit, seine Position und Arbeit im (Redaktions-)Team und in der Medieninstitution, seine sonstigen sozialen Beziehungen sowie Einflüsse der Öffentlichkeit, Zwänge der Aussage bzw. des Programms und ihrer mediengerechten Gestaltung; welche Aussagen der Kommunikator schließlich für die Publikation auswählt, wie er sie gestaltet und präsentiert, hängt von den genannten Variablen ab.

Die Aussage muß (vom Kommunikator) den technischen und dramaturgischen Eigengesetzlichkeiten des je verwendeten Mediums sowie der soziologischen und psychologischen Struktur der Rezipientenschaft angeglichen werden.

3.3.2. Wirkungen

Die Frage nach den Wirkungen von Kommunikation und Massenkommunikation kann pauschal nicht beantwortet werden. Die methodischen Verfahren, mit deren Hilfe sie zu erforschen versucht wurde (z.B. im "Labor"; im "Feld") sind verschieden, die Vielzahl der Wirkungsarten ist komplex, individuelle und soziale Wirkungs-Faktoren, psychologische und soziologische Kriterien können vielfach nicht getrennt voneinander betrachtet werden. Ebenso erscheinen Systematisierungsversuche problematisch.

Festzustellen sind Wirkungen der Massenkommunikation allgemein in den Bereichen des Wissens (Wissenserweiterung durch Informations-, Dokumentations-, Bildungs- und Kulturprogramme usw. der Massenmedien), der Wahrnehmung ((Wahrnehmungserweiterung und -differenzierung durch Massenkommunikation), der Meinungen und Einstellungen (Einstellungsbildung, -verstärkung, -veränderung, -bestätigung durch Massenkommunikation) sowie des Verhaltens und des Handelns (Handlungsanregung oder -hemmung, Handlungsänderung oder -differenzierung durch Massenkommunikation).

Der nachfolgende Thesenkatalog bezieht sich in erster Linie auf Wirkungen im Bereich der Einstellungen und des Verhaltens und orientiert sich in seiner versuchten Systematik zunächst an den Erkenntnissen der traditionellen Wirkungsforschung ("Stimulus -Reaktions"-Modell). Es sind dies folgende Thesen:

- die These, wonach primär persönliche *Attribute des Kommunikators* wie hohe Glaubwürdigkeit und hohes Prestige sowie die gute Aufbereitung des Kommunikationsinhalts für die Wirkung von Bedeutung sind (HOVLAND, 1953)
- die These, wonach primär *Form und Inhalt* der Aussage sowie die Art der Argumentation (ein- und zweiseitig) und Schlußführung (starke und schwache Argumente) die Wirkung einer Kommunikation ausmachen (sog. "wissenschaftlichen Rhetorik"; HOVLAND, 1953; TANNENBAUM, 1954; McGUIRE, JANIS, MERTON)

- die These, wonach die Wirkung der Massenmedien mehr durch *Eigenschaften des Publikums* als durch den Inhalt der Medien bestimmt wird (d.h. ein und dieselbe Kommunikation erzielt verschiedene Wirkungen je nach Alter, Geschlecht, Intelligenz, politischer Einstellung, sozialer Situation, Gruppenzugehörigkeit, Wissen, Vorstellungen, Erwartungen, Wertsystem, psychischer Stabilität, augenblicklicher Verfassung des Empfängers; KLAPPER, "mediating factors", 1960; BERELSON/STEINER, 1964)

- die These der *selektiven Wahrnehmung*, wonach der Rezipient aus dem Angebot der Massenmedien vorwiegend jene Inhalte auswählt, die seine bereits bestehenden, vorgefaßten Einstellungen bestätigen; dagegen werden dissonante Aussagen entweder überhört oder - in der Erinnerung - im Sinn und Gehalt verändert ("Balance-Theorie", "Theorie der kognitiven Dissonanz", FESTINGER, 1957, 1964); die These der selektiven Wahrnehmung besagt somit im wesentlichen, daß Massenkommunikation bestehende Meinungen verstärkt - und nicht ändert

- die These, wonach die Wirkung einer Kommunikation abhängt von der *Möglichkeit der Auswahl aus einem vielfältigen Angebot*, d.h. je geringer die Selektionsmöglichkeit für den Rezipienten, desto stärker die Wirkung (NOELLE-NEUMANN)

- die These, wonach die Medien nicht direkt auf die Rezipienten wirken sondern in zwei - oder mehr - Etappen über Meinungsführer, die sich intensiv mit den Medieninhalten befassen und sie bei Bekannten, Verwandten oder Freunden - also meist in Gruppen - weiterverbreiten (*"two-step flow of communication"*, LAZARSFELD, 1940,-KATZ/LAZARSFELD, 1955)

- die These, wonach starke Bindungen des Rezipienten an Normen und Werte von Gruppen für die Wirkung der Massenmedien ausschlaggebend sind (LAZARSFELD, 1944)

Unter sozialpsychologischem und soziologischem Aspekt wird den Wirkungen der Massenkommunikation auf das Verhalten besondere Aufmerksamkeit geschenkt. Allgemein kann man hier unter folgenden Effekten differenzieren (nach BANDURA, 1970; KUNCZIK, 1977):

- Der *Modell-Effekt*
  d.h. ein Rezipient beobachtet in der Massenkommunikation ihm nicht bekannte oder von ihm bisher noch nicht erworbene Verhaltensweisen, die er in der Folge übernimmt und sich selbst aneignet (Verhaltens-Innovation, Verhaltens-Imitation).

- Der *hemmende/enthemmende Effekt*
  d.h. ein Rezipient beobachtet wiederholt ihm zwar bekanntes, von ihm selbst bisher jedoch nicht übernommenes Verhalten. Durch die Beispielgebung und damit verbundene Identifikation übernimmt er in der Folge die beobachteten Verhaltensweisen, die er früher vielleicht unterdrückt hat (=Enthemmendes Modell).
  Oder: ein Rezipient beobachtet wiederholt Verhaltensweisen, die er bisher gekannt und auch übernommen hat, die er in der Folge beobachteten Verhaltens jedoch ablegt oder zumindest zurückhält (=hemmendes Modell).

- Der *stimulierende Effekt*
  d.h. ein Rezipient beobachtet in der Massenkommunikation widerholt Verhaltensweisen, die ihn in der Folge veranlassen, sich (in vergleichbaren, ähnlichen oder entsprechenden Situationen) differenzierter als bisher zu verhalten.

Folgewirkungen von Massenkommunikation innerhalb des Verhaltens sind in den nachstehenden konkreten Lebensbereichen Gegenstand publizistik- und kommunikationswissenschaftlicher Untersuchungen:

im Kaufverhalten (Kaufanregung, Kaufverweigerung etc.) als Folge massenkommunikativ vermittelter Werbebotschaften;
im politischen Verhalten (Streik, Protest, Demonstration, solidarisches Handeln) als Folge massenkommunikativ vermittelter, überzeugender politischer Aussagen

oder Verhaltensweisen;
im <u>sozialen Verhalten</u> als Folge massenkommunikativ vermittelter Rollenverhaltensweisen (z.B. Vorgesetzten, Gleichgestellten oder Untergebenen gegenüber) in Spielfilmen und in der Unterhaltungskommunikation;
<u>gewalttätiges Verhalten</u> als Folge massenkommunikativ vermittelter, gewalttätiger Handlungs- und Verhaltensweisen.
Bezogen auf die Wirkung gewaltdarstellender Massenkommunikationsinhalte (z.B. in Kinospiel- und Fernsehfilmen) differieren die Auffassungen über folgende Fragen (nach KUNCZIK, 1975, 1977):

- ob (daß) die Beobachtung gewalttätiger Verhaltensweisen in den Massenmedien beim Zuschauer den Antrieb zur Ausführung einer aggressiven, violenten Handlung vermindert (="*Katharsis-These*");

- ob (daß) die Beobachtung von gewalttätigen Verhaltensweisen beim Zuseher Aggressions-Angst auslöst und daher seine Bereitschaft mindert, selbst gewalttätiges oder aggressives Verhalten zu zeigen (="*Inhibitionsthese*");

- ob (daß) die Beobachtung gewalttätiger Verhaltensweisen beim Zuseher Aggressivität steigert und gewalttätige oder aggressive Handlungen zur Folge hat (="*Stimulationsthese*");

- ob (daß) durch die ständige Beobachtung und Konfrontation des Massenkommunikationsempfängers mit Gewaltdarstellungen in den Massenmedien seine Sensibilität gegenüber Gewalt abstumpft und sich der Zuseher daran gewöhnt, Gewalt als täglich und normal anzusehen (="*Habitualisierungs-These*").

Bei der Aufarbeitung der Wirkung der Massenkommunikation müssen, wie aus manchen Themenkomplexen indirekt hervorgeht, soziologische und psychologische Aspekte verquickt werden, um zu abgesicherten Erkenntnissen zu

gelangen.
In der publizistik- und kommunikationswissenschaftlichen Wirkungsforschung werden - nicht nur unter psychologischer Orientierung - gemeinsam mit den Fragen der Wirkungsbereiche (Meinungen, Verhalten, Wissen, Wahrnehmung) auch andere Wirkungsdimensionen ergründet. Es sind dies unter anderem Fragen nach den Wirkungs-Richtungen (physische, psychische, individuelle, soziale), nach den Wirkungs-Zielen (Innovation, Verfestigung; Affirmation, Veränderung), nach der Wirkungs-Intensität (starke, schwache), nach den Wirkungsarten (direkte, indirekte) und nach der Wirkungsdauer (kurz-, mittel-, langfristig). In einer Zusammenschau läßt sich dieser Fragen- und Themenkomplex wie folgt systematisch darstellen:

WIRKUNGS-"AKTEURE"	Kommunikator Inhalt/Aussage Rezipient
WIRKUNGSBEREICHE	Wissen/Wahrnehmung Meinungen/Einstellungen Verhalten/Handeln
WIRKUNGSARTEN	direkte Wirkungen indirekte Wirkungen
WIRKUNGSRICHTUNGEN	physische Wirkungen psychische Wirkungen individuelle Wirkungen soziale Wirkungen
WIRKUNGSINTENSITÄT	starke Wirkungen schwache Wirkungen
WIRKUNGSDAUER	kurzfristige Wirkungen mittelfristige Wirkungen langfristige Wirkungen
WIRKUNGSWEISEN	bewußte Wirkungen unbewußte Wirkungen
WIRKUNGSZIELE	Neubildung Verstärkung Veränderung } von Wissen, Wahrnehmung, Meinung, Verhalten

3.3.3. Kritik der Wirkungsforschung

In der publizistik- und kommunikationswissenschaftlichen Wirkungsforschung fallen einige der hier aufgezeigten Wirkungen der Massenkommunikation in den Bereich der sogenannten "Stimulus-Reaktions-These", die im wesentlichen die Frage stellt: *Was machen die Medien mit den Menschen?* Ein solches Denkmodell geht dabei "von den Vorstellungen über den massenmedialen Kommunikationsprozeß als einem linearen Vorgang aus" (RENCKSTORF, 1973), d.h. "Ursachen" oder "Stimuli" - in unserem Fall also massenmediale Aussagen - werden im Zusammenhang mit "Wirkungen" oder "Responses" - in unserem Falle Meinungs-, Einstellungs- oder Verhaltensänderungen durch Massenkommunikation - gesehen. Dieser Wirkungsansatz orientiert sich somit an einem Reiz-Reaktions-Schema (daher auch: "Stimulus-Reaktions-Theorie"). Kritiker bemängeln an ihm, daß dieser Wirkungsansatz den gesamten Massenkommunikationsprozeß zu sehr einseitig und linear vom Sender zum Empfänger verlaufend sieht und daß der Rezipient als Glied des Kommunikationsprozesses zu isoliert betrachtet wird. Wirkungen gehen von den Inhalten der Medien aus.

Dieser "Wirkungstheorie" der Massenkommunikation steht ein in jüngerer Zeit (wiederentdeckter) neuer Ansatz von Medienwirkung gegenüber: der sogenannte *"Nutzen-Ansatz"*, der im wesentlichen die Frage stellt: *"Was machen die Menschen mit den Medien"?* Dieses Medienwirkungs-Denkmodell sieht den Massenkommunikationsempfänger nicht als passives Glied, sondern als aktiven Teilnehmer innerhalb des Kommunikationsprozesses. Der "Nutzen-Ansatz" durchbricht die Annahme über den eindimensionalen, linearen Kommunikationsablauf und baut eine funktionale Struktur auf. Er geht aus vom Rezipienten als aktivem (oder zumindest re-aktivem) Massenkommunikationspartner mit eigenen Umwelt-Interpretationen, Bedürfnissen und Interessen. Im Sinne des "Nutzen-Ansatzes" geht Wirkung vom Rezipienten aus, d.h. wirksam ist, "was den Absichten des/der Rezipienten entspricht, zu seinen/ihren Zielen führt" (RENCKSTORF, 1973).

Der funktional gedachte "Nutzen-Ansatz" geht von folgenden wichtigen Annahmen aus (hier nach KUNCZIK, 1977; RENCKSTORF, 1978; TEICHERT, 1972, 1973, 1975):

- Das Publikum nimmt an der Massenkommunikation *aktiv* teil. Zeitung lesen, Radio hören oder fernsehen wird als aus Bedürfnissen resultierendes, aktives und zielgerichtetes Handeln gesehen, das auf Bedürfnisbefriedigung und Problemlösung abzielt.
- Diese (aktive) Teilnahme an der Massenkommunikation ist *soziales Handeln* und *Interagieren* auf der Basis von (Rollen-)Erwartungen, Symbol- und Bedeutungssystemen sowie Identitäten ("symbolische Interaktion")
- Den (aktiv) wahrgenommenen Medieninhalten wird von den Rezipienten *Bedeutung* beigemessen, die Inhalte werden - dem Wert-, Symbol- und Bedeutungssystem der Rezipienten entsprechend - interpretiert, verwertet.

Im Sinne des "Nutzen-Ansatzes" geht die Wirkung zufolge vom Rezipienten aus, d.h. wirksam ist, "was den Absichten des/der Rezipienten entspricht, zu seinen/ihren Zielen führt" (RENCKSTORF, 1973).

Um diese noch wenig abgesicherte Wirkungsthese genauer begründen zu können, bedarf es der Aufarbeitung folgender Fragestellungen:

- *welche* Inhalte vom Publikum (vornehmlich) wahrgenommen werden
- *warum* bestimmte Inhalte ausgewählt und "gebraucht" werden (Bedürfnisse, "sozialer Handlungszusammenhang")
- *wie* die aufgenommenen Inhalte interpretiert und *verwendet* sowie wozu sie *benutzt* werden.

Literatur:

Zum Grundstudium

DRÖGE,Franz; WEISSENBORN,Rainer; HAFT,Hennig: Wirkungen der Massenkommunikation. 2.Aufl.- Frankfurt: Fischer-Athenäum 1973.

KLAPPER,Joseph T.: The Effects of Mass Communication.- New York: The Free Press 1960.

MALETZKE,Gerhard: Psychologie der Massenkommunikation. Theorie und Systematik.- Hamburg: Verlag des Hans Bredow-Instituts 1963.

NOELLE-NEUMANN,Elisabeth; SCHULZ,Winfried (Hrsg.): "Publizistik".- Frankfurt: Fischer 1971 (bes. Abschnitt "Wirkung der Massenmedien", S.316-350).

SCHRAMM,Wilbur: Grundfragen der Kommunikationsforschung. 3.Aufl.- München: Juventa 1970.

Weiterführende Literatur und Einzelfragen

BESSLER,Hansjörg; BLEDIJAN,Frank: Systematik der Massenkommunikationsforschung. (Hrsg. von Karl Gustav Specht). - München/Basel: Reinhard 1967.

EINFÜHRUNG IN DIE KOMMUNIKATIONSWISSENSCHAFT. Der Prozeß der politischen Meinungs- und Willensbildung. Teil 2. Ein Kurs im Medienverbund, erarbeitet von einer Projektgruppe am Institut für Kommunikationswissenschaft der Universität München.- München: Verlag Dokumentation 1976. (Besonders Studieneinheit 12 "Persuasive Kommunikation und Wirkungsforschung").

HACKFORTH,Josef: Massenmedien und ihre Wirkungen. Kommunikationspolitische Konsequenzen für den Publizistischen Wandel. (Unter Mitarbeit von Ilka Heiner).- Göttingen: Schwartz 1976. (=Kommission für den wirtschaftlichen und sozialen Wandel 112.)

KATZ,Elihu; LAZARSFELD,Paul: Persönlicher Einfluß und Meinungsbildung.- Wien: Verlag für Geschichte und Politik 1962.

KUNCZIK,Michael: Massenkommunikation. Eine Einführung.-

Köln/Wien: Böhlau 1977 (bes. Abschnitt "Wirkungsforschung" S.114-184).

NOELLE-NEUMANN,Elisabeth: Öffentlichkeit als Bedrohung. Beiträge zur empirischen Kommunikationsforschung. Hrsg. von Jürgen Wilke.- Freiburg/München: Alber 1977 (Alber Broschur Kommunikation 6).

RENCKSTORF,Karsten: Alternative Ansätze der Massenkommunikationsforschung: Wirkungs- vs. Nutzenansatz. In: "Rundfunk und Fernsehen" 21.Jg. 1973, Heft 2-3, S.183-197.

RENCKSTORF,Karsten: Neue Perspektiven in der Massenkommunikationsforschung. Beiträge zur Begründung eines alternativen Forschungsansatzes.- Berlin: Spiess 1977.

STOSBERG,Krista: Analyse der Massenkommunikation: Einstellungsmessung.- Düsseldorf: Bertelsmann 1972. (=Gesellschaft und Kommunikation 7.1).

STOSBERG,Krista und Manfred; BLEDIJAN,Franz: Analyse der Massenkommunikation: Wirkungen.- Düsseldorf: Bertelsmann 1972. (=Gesellschaft und Kommunikation 7.2).

TEICHERT,Will: 'Fernsehen' als soziales Handeln. In: "Rundfunk und Fernsehen" 20:1972, S.421-439.

TEICHERT,Will: 'Fernsehen' als soziales Handeln (2). In: "Rundfunk und Fernsehen" 21:1973, S.356-382.

TEICHERT,Will: Bedürfnisstruktur und Mediennutzung. In: "Rundfunk und Fernsehen" 23:1975, S.269-283.

3.4. Pädagogische Aspekte der Publizistik

Die pädagogisch orientierte Beschäftigung mit Phänomenen der Kommunikation und Massenkommunikation ist nicht eine Folge sozialwissenschaftlichen Denkens in der Publizistik- und Kommunikationswissenschaft, sondern hat ihren Ursprung bereits in der geisteswissenschaftlich-normativ orientierten "Zeitungswissenschaft". Seit ihrer Etablierung in den zwanziger Jahren im deutschen Sprachraum haben sich Vertreter des Faches unter verschiedenen Auffassungen mit medienpädagogischen Fragen befaßt, und jede Phase publizistik- und kommunikationswissenschaftlicher Reflexion unter pädagogischem Aspekt hat ihre Fragestellungen wenn schon nicht abgeändert, so doch entsprechend modifiziert. Weltanschauliche, ideologische, wissenschaftliche und technische Faktoren spielen dabei ebenso eine Rolle wie die Tatsache, daß Medienangebot und Medienreichweite sowie Mediennutzung und Medienkonsum vor allem in jüngerer und jüngster Zeit sprunghaft angestiegen sind. Die Folge im medienwissenschaftlichen Bereich war vor allem Anfang der siebziger Jahre eine intensive Phase medienpädagogisch geleiteter Beschäftigung mit den Massenmedien. Dabei hat sich der Akzent der Fragestellung weg von Medienerziehung (und Medienkunde) und hin zu einer neuen Kommunikationspädagogik und Kommunikationslehre verschoben.

3.4.1. Konzepte der Medienpädagogik

Die verschiedenen Phasen der Publizistik- und Kommunikationswissenschaft sind, wie bereits angedeutet, in der pädagogisch geleiteten Beschäftigung mit den Massenmedien von recht unterschiedlichen Auffassungen und Orientierungen gekennzeichnet. Aus der fachspezifischen Diskussion über diese verschiedenen Auffassungen lassen sich die folgenden sechs Konzeptionen ableiten, die u.a. auch eng mit der (wissenschaftstheoretischen) Entwicklung des Faches in Verbindung zu sehen sind (nach STUKE/ZIMMERMANN, 1976; KNOLL/HÜTHER, 1976; HÜLSWEDE, 1974).

1) Die normativ-geisteswissenschaftliche Konzeption

Diese medienpädagogische Auffassung hat analog der Entwicklung der "Zeitungswissenschaft" die Thematisierung von pädagogischen Fragen zum Gegenstand, die die Zeitung als pädagogisches Problem betreffen; es geht dabei aber weniger um die Vermittlung von Fakten über Zeitung und Zeitungswesen (einschließlich politischer, wirtschaftlicher, organisatorischer und technischer Bedingungen) und auch nicht etwa um theorieleitende Ideen, sondern vielmehr um ethische und moralische - also in der Tendenz stark wertende - Probleme und Gefahren des Zeitungskonsums und damit verbundener negativer Auswirkungen. Diese Phase medienpädagogischen Denkens erstreckt sich primär über den Zeitraum von etwa 1930 bis 1950 und kann als normative Medienerziehung charakterisiert werden (DOVIFAT, 1931; ASCHAFFENBURG, 1931; MÜNSTER, 1932).

2) Die kulturpessimistische Orientierung

Eng in Zusammenhang mit der normativ-geisteswissenschaftlichen Auffassung steht die "kulturpessimistische" (auch "kulturkritische") Betrachtung der Massenmedien. Ihre Argumente richten sich in verstärktem Ausmaß gegen alle jene Gefahren, die nicht nur von der Zeitung, sondern vor allem von den Medien Fernsehen und Film ausgehen wie

- Begünstigung konformistischer und passiv-rezeptiver Verhaltensweisen in der Folge ungehemmten Medienkonsums
- Behinderung und Lähmung der eigenschöpferischen Phantasie und Kreativität
- sowie Furcht vor den Massenmedien primär als Unterhaltungs- und Manipulationsinstanzen.

Diese Phase medienpädagogischen Denkens, die heute in eher konservativen weltanschaulichen Gesellschaftsgruppen immer noch vorfindbar ist, hat theoretisch und praktisch etwa zwischen 1950 und 1965 in verstärktem Ausmaß ihren Niederschlag gefunden und sich eher realitätsverneinend mit den Massenmedien befaßt (z.B. ZÖLLER u.a., 1965).

3. Die technokratisch (und technologisch) orientierte Konzeption

Die technokratisch orientierte Medienpädagogik dagegen akzeptiert die Massenmedien als Realität und sieht in ihnen primär die vielfältigen Möglichkeiten des Einsatzes und der Verwendung der Massenmedien für Schule, Unterricht, Erziehung und Erwachsenenbildung unter drei wesentlichen Aspekten:

- als Hilfsmittel und Instrumente der didaktischen Vermittlung und somit also im Einsatz für besseren und anschaulicheren Unterricht (=MEDIEN-DIDAKTIK)
- als Informations- und Programmträger mit vielfältigen Gestaltungsmöglichkeiten zur Entlastung des organisierten Bildungswesens und somit als Lern- und Bildungsangebote sowie als Sozialisationsagenturen
- als Produktionsmittel selbst hergestellter und erarbeiteter "Programme" (Umgang mit, Handhabung von Medien, technische Unterweisung, Unterrichtstechnologie).

Technokratisch orientierte Medienpädagogen sehen in den Medien primär die Leistungen und Funktionen als Informationsträger und didaktische Vermittler (=Mediendidaktik, Medienkunde; etwa ab 1965 bis zur Gegenwart; KNOLL/HÜTHER, 1976; DICHANZ, 1974).

4. Die kommunikationstheoretische Konzeption

Diese Konzeption geht aus von den soziologischen Forschungsergebnissen der erfahrungswissenschaftlichen Pädagogik (ALBRECHT, 1970) und bedient sich der empirisch orientierten Publizistik- und Kommunikationswissenschaft, um im allgemein zugänglichen Bildungsbereich den Gesamtzusammenhang 'Massenkommunikation - soziale Kommunikation - individuelle, interpersonale Kommunikation' (MALETZKE, 1959) transparent zu machen durch bildungsstufenadäquate Aufarbeitung

- der gesamtgesellschaftlichen (=politischen, wirtschaftlichen, sozialen, organisatorischen, technischen etc.) Bedingungen der Massenkommunikation
- der Strukturen und Funktionen, der Eigengesetzlichkeiten und Wirkungen der Massenkommunikation

- der Einsichten in Gestaltungsmöglichkeiten, Darstellungsformen, Verstehensweisen und Beeinflussungsmöglichkeiten von Massenkommunikation und zwischenmenschlicher, interpersonaler Kommunikation

Kommunikationstheoretische Medienpädagogik meint demzufolge sowohl realitätsbejahende, kritische Medienkunde, Mediendidaktik und Medientheorie (HASLER, 1972; STEINER/ZÖCHBAUER 1969).

5. *Die ideologiekritisch orientierte Medienpädagogik*

Die "ideologiekritische" Medienpädagogik hat die Massenmedien selbst als Anlaß und zum Gegenstand kritischer Reflexion und Analyse; ihre Medienkritik ist zu sehen und verstehen

- als Kritik an den (kapitalistisch) dominierten Programmstrukturen und Medieninhalten
- als Kritik an der Programmproduktion unter kapitalistischen Produktionsbedingungen und ihren Konsequenzen
- als Kritik an den systemerhaltenden und systemstabilisierenden Funktionen und Leistungen der Massenmedien

Diese Auffassung von Medienpädagogik zielt demzufolge auf kritische Medienerziehung und Medienkunde (HÜLSWEDE, 1974; BAACKE, 1973; HOLZER, 1974).

6. *Die kommunikations- und handlungsorientierte Konzeption*

Dieses praxisorientierte Konzept sieht als Medienpädagogik die Medien als Mittel selbsttätiger, eigenschöpferischer Mediengestaltung und Medienproduktion, und zwar:

- Medienarbeit als Mittel der Darstellung individueller Bedürfnisse und Artikulation in Ergänzung und im Gegensatz zu der von den Medien produzierten und etablierten Wirklichkeit (BAACKE, 1973; DIEL, 1974)

und in der Kommunikationspädagogik die Befähigung des Einzelnen zu (aktiver und passiver) zwischenmenschlicher Kommunikation

- Medienarbeit und Kommunikationsübungen als Mittel zur Selbsterfahrung und Verhaltensänderung sowie zur bewußten Erfassung kommunikativer Handlungs- und Verhaltensstrategien (BAACKE, 1973; ZÖCHBAUER/HOEKSTRA 1974)

Diese medienpädagogische Orientierung versteht sich als Medien- und Kommunikationspädagogik und findet derzeit intensive theoretische und praktische Umsetzung in Kommunikationstrainings und Videoarbeit.

3.4.2. Begrifflichkeit der Medienpädagogik

Im gesamten Bereich von Bildung und Erziehung wird in der pädagogisch orientierten Betrachtung der Massenkommunikation - auch in der pädagogisch orientierten Publizistik- und Kommunikationswissenschaft - mit einer oftmals nicht klar abgegrenzten, unscharfen Begrifflichkeit operiert. Termini wie Medien-ERZIEHUNG, Medien-PÄDAGOGIK, Medien-KUNDE und Medien-DIDAKTIK wurden und werden synonym verwendet, obwohl mit den Begriffen Verschiedenes gemeint ist. Bei dem Versuch, die Begrifflichkeit zu ordnen und eine klare Terminologie zu schaffen, könnte die folgende Begriffs-"Hierarchie" erstellt werden:

- Der Begriff *Medienpädagogik* als übergeordnete Bezeichnung für die pädagogisch orientierte Beschäftigung mit den Massenmedien

- Der Begriff *Medienerziehung* als Bezeichnung für die erzieherisch-praktische Umsetzung medienpädagogischer

Zielsetzungen (welcher Art auch immer)

- Der - enge - Begriff *Mediendidaktik* als Bezeichnung für den praktischen Einsatz von Medien als technische Hilfsmittel für die Unterrichtsgestaltung.

Die *Mediendidaktik* als Lehre über den funktionsgerechten Einsatz für Unterrichtsgestaltung und Wissensvermittlung in Bildung und Erziehung frägt somit

- nach der spezifischen Eigenart verschiedener Medien als Träger von Lehr- und Lerninhalten
- nach der Brauchbarkeit der Medien als Hilfsmittel für die Gestaltung von Lernprozessen
- nach der Einschätzung audiovisueller Medien im Hinblick auf je verschiedene Lern- und Unterrichtssituationen
- nach der kommunikationsunterstützenden und/oder kommunikationstragenden Funktion von Medien für Lehr- und Lernprozesse
- sowie nach der Überprüfung der Folgewirkung des Medieneinsatzes im Bildungsbereich auf das Verhältnis zwischen Lernenden und Lehrenden ("Schüler-Lehrer")
- und somit nach dem Abbau vertikaler Kommunikationsstrukturen 'Lehrer-Schüler' (z.B. Vortrag) und der Begünstigung horizontaler Gesprächsfunktionen zwischen Lehrenden und Lernenden.

(KÖCK, 1974; KNOLL/HÜTHER u.a. 1976; BAACKE u.a., 1973; DICHANZ u.a., 1974)

Die *Medienerziehung* als Lehre über die Erziehung durch die Medien und zu den Medien (KNOLL/HÜTHER, 1976) umfaßt eine passive und eine aktive Komponente:

"Passive" Medienerziehung in Schule und Erwachsenenbildung meint

- die Vermittlung und Diskussion der rechtlichen Grundlagen, der politischen und wirtschaftlichen Bedingungen, der organisatorischen Strukturen, der Eigengesetzlichkeiten, der Wirkmechanismen u.a.m.
- sowie die Hinführung zur realitätskritischen Nutzung des massenmedialen Angebots.

"Aktive" Medienerziehung besteht in der Herausführung des Medienkonsumenten aus der passiven Rolle als Massenkommunikationsempfänger durch Anleitung zur aktiven Teilnahme und somit zur eigenschöpferischen Anteilnahme an Kommunikation und Massenkommunikation durch

- Artikulation und Darstellung individueller Bedürfnisse und Erfahrungen in den Medien (öffentlicher Bereich; z.B. SCHWARZ u.a., 1975, 1977; DIEL u.a., 1976; PAECH, 1977)
- Erziehung des einzelnen zu Kommunikationsfähigkeit und zur kommunikativen Verhaltensdifferenzierung im interpersonalen, privaten Bereich (z.B. ZÖCHBAUER/HOEKSTRA. 1974)

Aus der Darstellung der verschiedenen medienpädagogischen Konzeptionen sowie aus der versuchten Differenzierung der Begrifflichkeit der Medienpädagogik geht hervor, daß die Aufarbeitung von Phänomenen der Massenkommunikation unter pädagogischer Perspektive einem Wandel unterliegt: sie kehrt ab von der "traditionellen" Medienerziehung und schafft eine neue Kommunikationslehre; d.h.

im Gegensatz zur *Medienerziehung*	möchte die *Kommunikationslehre*
(nicht nur) • Grundinformationen über Massenkommunikation	(sondern) • umfassende Information, Reflexion und Diskussion über alle interpersonalen und massenmedialen Kommunikationsbeziehungen und Kommunikationssysteme
(nicht nur) • kritischen Medienkonsum	(sondern) • spontanes Eingreifen in alle Kommunikationsvorgänge individueller und sozialer Art
(nicht nur) • passive Teilnahme an Kommunikation und Massenkommunikation (Zuhören, Zusehen, Lesen)	(sondern) • aktive, der konkreten Situation entsprechende Teilnahme an privater und öffentlicher Kommunikation

Die Ziele einer solchen (neuen) *Kommunikationslehre* für Schule und Erwachsenenbildung, für Erziehung und Bildung generell, lassen sich wie folgt zusammenfassen (nach DIEL, 1974; BAACKE, 1973; PAECH, 1974, 1977):

- Befähigung des einzelnen zur Einordnung des Umweltphänomens MASSENKOMMUNIKATION in den gesamtgesellschaftlichen Zusammenhang (=*Transparenz*)
- Befähigung des einzelnen zur bewußten Anteilnahme an der von den Medien mitgetragenen politischen und kulturellen Bildung der Gesellschaft (=*Partizipation*)
- die Befähigung zur individuellen Standortbestimmung in der Gesellschaft und zum Erkennen möglicher kommunikativer Existenz- und Standorträume (=*Emanzipation*)
- Inanspruchnahme kommunikativ und massenkommunikativ dominierter Existenzräume in der Gesellschaft (=*Kreativität*)

- Befähigung zum emanzipatorischen Mediengebrauch, d.h. zur eigenständigen und eigenschöpferischen kommunikativen und publizistischen Aktivität (=*Kompetenz*)

Literatur:

Zum Grundstudium:

DICHANZ,Horst u.a.: Medien im Unterrichtsprozeß. Grundlagen, Probleme, Perspektiven.- München: Juventa 1974.

DIEL,Alex (Hrsg.): Kritische Medienpraxis. Ziele, Methoden, Mittel.- Köln: DuMont Schauberg 1974.

KNOLL,Joachim; HÜTHER,Jürgen (Hrsg.): Medienpädagogik. 18 Beiträge.- München:Nymphenburger Verlagsbuchhandlung 1976. (=Nymphenburger Texte zur Wissenschaft; Modelluniversität 26.)

KÖCK,Peter: Didaktik der Medien.- Donauwörth: Auer 1974.

STUKE,Franz R.:; ZIMMERMANN,Dietmar: "Medium Fernsehen". Eine Studie zum Problemkreis Medienpädagogik und Schulfernsehen am Beispiel einer Felduntersuchung.- Münster: Regensberg 1976. (=Dialog der Gesellschaft 9.)

Weiterführende Literatur (und Einzelfragen)

ALBRECHT,Gerd: Neuorientierung der Medienpädagogik. In: "Film, Bild, Ton" 1970, Heft 6.

ASCHAFFENBURG,Gustav: Die Zeitung in der Psychologie der Jugenlichen. In: Kallen,Gerhard (Hrsg.): Erziehungswesen und Presse. Bonn/Köln 1931.

BAACKE,Dieter: Kommunikation und Kompetenz. Grundlegung einer Didaktik der Kommunikation und ihrer Medien.- München: Juventa 1973.

BAACKE,Dieter (Hrsg.): Mediendidaktische Modelle: Fernsehen.- München: Juventa 1973.

BAACKE,Dieter (Hrsg.): Mediendidaktische Modelle: Zeitung und Zeitschrift.- München: Juventa 1973.

DIEL,Alex: Ziele, Methoden und Mittel einer emanzipatorischen Medienpädagogik. In: Diel,Alex (Hrsg.): Kritische Medienpraxis ... a.a.O., S.271-281.

DOVIFAT,Emil: Die Zeitung im Leben der Jugend. In: Maaß,Hermann (Hrsg.): Geistige Formen der Jugend unserer Zeit. Berlin 1931.

HOLZER,Horst: Kinder und Fernsehen. Materialien zu einem öffentlich-rechtlichen Dressurakt.- München: Hanser 1974 (=Reihe Hanser 160).

HÜLSWEDE,Manfred: Gegenwärtige Positionen der Medienpädagogik. In: Diel,Alex (Hrsg.): Kritische Medienpraxis, a.a.O., S.12-24.

INFORMATION DURCH MASSENMEDIEN. Unterrichtsmodelle zur Medienerziehung, bearbeitet von Thomas A.Bauer und Gerald Haas. Hrsg. vom Institut für Kommunikationswissenschaft Graz in Verbindung mit dem Landesjugendreferat Steiermark.- Graz: Institut für Kommunikationswissenschaft 1977.

KERSTIENS,Ludwig: Unterrichtsthema: Massenkommunikation. Grundlagen, Erziehungs- und Lernziele, Vorschläge für den Unterricht.- Bad Heilbronn: Klinkhardt 1974.

KERSTIENS,Ludwig: Medienkunde in der Schule. Lernziele und Vorschläge für den Unterricht.- Bad Heilbronn: Klinkhardt 1971.

MALETZKE,Gerhard: Fernsehen im Leben der Jugend.- Hamburg: Verlag des Hand Bredow-Instituts 1959.

MÜNSTER,Hans Amandus: Jugend und Zeitung.- Berlin 1932.

PAECH,Joachim: Didaktik der Massenkommunikation 3. Schulfernsehen - Schüler machen Filme.- Stuttgart: Metzler 1977.

SCHWARZ,Reent (Hrsg.): Didaktik der Massenkommunikation 2. Materialien zum Fernsehunterricht. Unterrichtspraxis, Programmanalysen, Medientheorie.- Stuttgart: Metzler 1976.

SCHWARZ,Reent: Didaktik der Massenkommunikation 1. Manipulation durch Massenmedien - Aufklärung durch Schule?

Eine Bestandsaufnahme.- Stuttgart: Metzler 1974

STEINER,Adolf; ZÖCHBAUER,Franz;BRANDSTETTER,Alfred: Massenmedien in Unterricht und Erziehung. Grundlagen und Unterrichtsbeispiele zu Presse, Film, Funk, Fernsehen.- Frankfurt/Berlin/ Bonn/München: Disterweg 1969.

ZÖCHBAUER,Franz; HOEKSTRA,Henk: Kommunikationstraining. Ein Erfahrungsbericht.- Heidelberg: Quelle und Meyer 1974.

ZÖLLER,Josef Othmar (Hrsg.): Massenmedien - die geheimen Führer. Ein Sachbuch über Presse, Film, Funk, Fernsehen.- Augsburg: Verlag Winfried-Werk 1965.

3.5. Andere wissenschaftliche Aspekte der Publizistik

Neben den hier vorgestellten politologischen, soziologischen, psychologischen und pädagogischen Aspekten der Publizistik gibt es - wie auch in der Systematisierung des Lehr- und Forschungsfeldes in Kapitel 2 darzustellen versucht wurde - eine Reihe anderer wissenschaftlicher Disziplinen und Bereiche, die sich aus je fachspezifisch unterschiedlicher Perspektive auch mit publizistik- und kommunikationswissenschaftlichen Fragestellungen befassen. Zu ihnen zählen beispielsweise die (Kommunikations-)Philosophie, die Sprachwissenschaft, Linguistik, Phonetik, Stilistik, Kybernetik, die Informationstheorie und Medientechnologie. Einige dieser genannten Bereiche seien noch kurz herausgegriffen, da sie für die Publizistik- und Kommunikationswissenschaft zunehmend an Bedeutung gewinnen.

Zu erwähnen ist hier zunächst der gesamte sprachwissenschaftliche Bereich der Kommunikation und Massenkommunikation. Die soziologisch und sozialpsychologisch orientierte Linguistik versucht, die gesellschaftlichen Ursachen für die schichtspezifischen Formen des Sprachverhaltens aufzuarbeiten, das nicht nur in der zwischenmenschlichen, sondern auch in der massenmedial vermittelten Kommunikation eine gewichtige Rolle spielt.

Im Mittelpunkt kommunikationswissenschaftlicher Forschung unter linguistischem Aspekt stehen die folgenden Themenkomplexe:

- die Bedingtheit von Sprache und das Verhältnis zur Sprache generell
- die unterschiedlichen Grade der Instrumentalisierung und des Einsatzes der Sprache
- die verschiedenen Sprachcodes (eingeengter, "registrierter" Code; ausgebauter, "elaborierter" Code u.a.m.)

Die Ergründung dieser Fragen erfolgt im Hinblick auf die allgemeine kulturelle und politisch-gesellschaftliche Anteilnahme von Individuen und Gruppen. Weiters anzuführen ist die *Informationstheorie*, die sich rein mathematisch-statistisch mit der Messung von Informationsmengen, der Leistungsfähigkeit und Kapazität von Kommunikations-"Kanälen" sowie mit der Umwandlung von Informationen ("Botschaften") in Signale und Symbole befaßt. Die Informationstheorie beschäftigt sich also mit der Syntaktik der Kommunikation (wobei relativ abstrakt von 'Information' gesprochen wird), und zwar zentral mit der Frage

- welche Zeichen (Symbole) zur Kommunikation benutzt werden
- wie ihre Beziehung untereinander ist
- und wie sie sich technisch möglichst sorgfältig und ökonomisch übertragen lassen.

Schließlich ist drittens für die Publizistik- und Kommunikationswissenschaft noch die *medientechnologische Forschung* von eminenter Bedeutung. Sowohl auf dem Funkmedienbereich wie auch auf dem Druckmediensektor gibt es teils revolutionierende neue Technologien, die in absehbarer Zeit zu folgenreichen Veränderungen im gesamten Medienwesen führen werden. Es sind dies

- im Funkmedienbereich die Errungenschaften der "Breitbandkommunikation" und ihre Folgen für Kabelfernsehen, Bildschirm- und Faksimilezeitung
- im Druckmedienbereich die Abkehr vom traditionellen Bleisatzverfahren in der Zeitungs- und Zeitschriftenherstellung und die Einführung des Fotosatzverfahrens sowie neuer, integrierter rechnergesteuerter Texterfassungssysteme.

Alle diese neuen Technologien der Massenkommunikation werden in der Folge sowohl die traditionellen Arbeitsweisen der Informationsbe- und verarbeitung sowie -speicherung (also der Informationsproduktion auf Kommunikatorseite) wie auch der Informationsnutzung durch die Leser, Hörer und Seher entscheidend verändern. Damit verbunden werden kulturelle und soziale sowie politische Konsequenzen im Medienbereich sein, deren gesamtgesellschaftliche Auswirkungen derzeit allerdings noch nicht abschätzbar sind.

Literatur:

BADURA,Bernhard: Sprachbarrieren. Zur Soziologie der Kommunikation.- Stuttgart: Frommann-Holzboog 1971.

BERNSTEIN,Basil: Soziokulturelle Determinanten des Lernens. In: Kölner Zeitschrift für Soziologie und Sozialpsychologie, Sonderheft Soziologie der Schule. 1960.

LUCKMANN,Thomas: Soziologie der Sprache. In: König, René (Hrsg.): Handbuch der empirischen Sozialforschung. - Stuttgart: Enke 1969.

SPRACHE. In: Koszyk,Kurt;Pruys,Karl Hugo: dtv-Wörterbuch zur Publizistik.- München: Deutscher Tschenbuchverlag 1970. (2.Aufl.)

STURM,Hertha: Masse-Bildung-Kommunikation.- Stuttgart: Klett 1968.

INFORMATIONSTHEORIE. In: Noelle-Neumann,Elisabeth; Schulz,Winfried (Hrsg.): Publizistik.- Frankfurt: Fischer 1971. (=Fischer Lexikon 9).

DIE ZEITUNG DER ZUKUNFT. Informationsverarbeitende Systeme und die Presse. Loccumer Journalistengespräch (April 1972).- Loccumer Protokolle 6/1972.

CATV.KABELFERNSEHEN. Ein Modell für Österreich.- Wien: Presse 1976.

HYMMEN,Friedrich W.: Das Kabel - Fakten und Illusionen. - Frankfurt am Main: Haus der evangelischen Publizistik 1975.

PAETZOLD,Ulrich (Hrsg.): Kabelkommunikation. Organisation und Programme.- München: Ölschläger 1978 (=Schriftenreihe der Deutschen Gesellschaft für Publizistik- und Kommunikationswissenschaft 2).

RATZKE,Dietrich: Netzwerk der Macht. Die neuen und die alten Medien im Zeitalter der Kabelkommunikation.- Frankfurt am Main: Societätsverlag 1975.

RATZKE,Dietrich (Hrsg.): Die Bildschirmzeitung. Fernlesen statt Fernsehen.- Berlin: Colloquium 1977.

4.Theoretische Ansätze der Publizistikwissenschaft

Seit es eine intensivere wissenschaftliche Beschäftigung mit den Massenmedien gibt, ist immer wieder versucht worden, das über die Massenmedien gesammelte Wissen zu systematisieren, wissenschaftlich abgesicherte Erkenntnisse und Forschungsergebnisse zusammenzufassen und aus den Resultaten dieses Erkenntnisprozesses nicht nur Hypothesen, sondern - soweit überhaupt möglich - auch allgemeine Gesetze und "Theorien" abzuleiten. Unter "Theorien" werden hier allgemein Begründungszusammenhänge verstanden, die eine "gesellschaftliche" Wirklichkeit - "das Ganze" - oder eine Teilwirklichkeit - "die Teile" - zu interpretieren, zu erklären versuchen. Dabei werden unter Anwendung je eigener Ordnungsprozesse und Interpretationsmuster die systematisch erarbeiteten Erkenntnisse und Einzelerkenntnisse (und somit Ganzes und Teile) zueinander in Beziehung gesetzt. In jeder Theorienbildung ist das Ordnungsgefüge von Werten, das vom Forscher mehr oder weniger subjektiv vorausgesetzt wird, von Bedeutung; besonders in der sozialwissenschaftlichen Theorienbildung spielt die Wertfrage, eine wichtige Rolle. Aus publizistik- und kommunikationswissenschaftlicher Sicht ist "das Ganze" das gesellschaftliche Phänomen sozialer Kommunikation, die "Teile" sind jene Faktoren und Variablen, die sie (in Form der publizistischen Kommunikation) bedingen und bewirken.

Bei der Analyse publizistik- und kommunikationswissenschaftlicher Theorienbildung hat man es sowohl mit "beschreibenden" wie auch mit "erklärenden" Theorien zu tun. Die "beschreibenden Theorien", im streng sozialwissenschaftlichen Sinne eigentlich keine Theorien, definieren, klassifizieren, typologisieren und systematisieren das Phänomen Massenkommunikation. Die "erklärenden Theorien" versuchen, allgemeine Gesetze zu finden, mit deren Hilfe sie das Phänomen Massenkommunikation erklären, in einen gesamtgesellschaftlichen Zusammenhang stellen und somit eine Wirklichkeitsdeutung der Massenkommunikation geben können.

Da weder die "beschreibenden" noch die "erklärenden" Theorien der Publizistikwissenschaft strengen wissenschaftstheoretischen Ansprüchen im sozialwissenschaftlichen Sinne wegen des noch unzureichend ausgebildeten und zuwenig verläßlichen Methodeninstrumentariums und in der Folge zwar zahlreich vorhandener, aber noch zu wenig abgesicherter empirischer Daten genügen, wird in den nachfolgenden Ausführungen immer nur von *theoretischen Ansätzen* gesprochen. Mit der Darstellung dieser theoretischen Ansätze sollen jene im Fach vorfindbaren Denk- und Interpretationsmodelle (unterschiedlichen Abstraktionsgrades) vorgestellt werden, mit deren Hilfe versucht wird, Massenkommunikation mehr oder weniger kritisch zu hinterfragen, zu analysieren und zu interpretieren.

Literatur:

ALBERT,Hans: Probleme der Wissenschaftslehre in der Sozialforschung - In: König,Renè (Hrsg.): Handbuch der empirischen Sozialforschung. Bd 1.-Stuttgart: Enke 1973

BETH,Hanno; PROSS,Harry: Einführung in die Kommunikationswissenschaft.- Stuttgart/Berlin/Köln/Mainz: Kohlhammer 1976 (bes. S.35-69)

SCHARF,Wilfried; SCHLIE,Otto: Zur Diskussion wissenschaftstheoretischer Probleme in Publizistik- und Kommunikationswissenschaft. In: "Rundfunk und Fernsehen" 21.Jg.1973, S.54-71

SILBERMANN,Alphons; KRÜGER,Udo Michael: Soziologie der Massenkommunikation.- Stuttgart/Berlin/Köln/Mainz: Kohlhammer 1973 (bes. S.82-103)

MARTHY,Beda: Publizistikwissenschaft. Wissenschaftstheoretische Grundlage und Theorierahmen. Zürich: Juris-Verlag o.J.

4.1. Historischer Exkurs: Frühe Ansätze der Beschäftigung mit den publizistischen Medien

Die wissenschaftliche Reflexion über die publizistischen Mittel beginnt nicht erst etwa mit der Begründung der Zeitungswissenschaft in den 20er Jahren dieses Jahrhunderts. Vereinzelt haben sich sehr bald nach dem Erscheinen periodisch gedruckter Medien zu Beginn des 17.Jahrhunderts (Privat-)Gelehrte, Moralisten und Politiker mit den damals neuen Phänomenen befaßt. So kann man bereits im 17. und in der ersten Hälfte des 18. Jahrhunderts relativ dogmatisch ausgeprägte "zeitungskundliche Theorien" nachweisen, in denen die Zeitungsöffentlichkeit auf bestimmte Stände eingeschränkt, Fragen nach Inhalt und Nutzen der Zeitungen gestellt, Ansätze zu Typologisierungen des Zeitungsinhalts versucht und den Zeitungen gemeinsame publizistische Wesensmerkmale wie Information, Aktualität und Universalität ausfindig gemacht wurden (Gregor WINTHERMONAT, Ahasver FRITSCH, Ludwig HARTMANN, Christian WEISE, Daniel HARTNACK, Caspar von STIELER u.a.). Darauf folgen ab Mitte des 18.Jahrhunderts und im 19.Jahrhundert staatswissenschaftliche, historische, soziologische und politologische Ansätze, die sich teils mit Bestandsaufnahmen und Systematisierungsversuchen der Zeitungen befaßt, Probleme des Presserechts aufgegriffen, Aspekte der "öffentlichen Meinung" diskutiert und sich bereits auch mit den ökonomischen Zwängen der Nachrichtenbeschaffung und Zeitungsherstellung kritisch auseinandergesetzt haben. Besonders zu erwähnen sind in diesem Zusammenhang Franz A.LÖFFLER, Robert E.PRUTZ sowie Albert E.SCHÄFFLE.
So hat Franz A.LÖFFLER ein weitangelegtes System der Preßwissenschaft erstellt, das u.a. die Wissenschaft des Preßbegriffs, eine Philosophie des Preßrechts und eine Geschichte der Druckerpresse umfaßt. Löffler befaßte sich auch mit dem Phänomen "öffentliche Meinung".

Von Robert E.PRUTZ stammt eine "erste, großangelegte Gesamtgeschichte des deutschen Zeitungs- und Zeitschriftenwesens" (GROTH 1948) in seinem Werk über die "Geschichte des deutschen Journalismus" (Hannover 1845),

in der alle publizistischen Phasen und signifikanten Erscheinungen des deutschen Zeitungs- und Zeitschriftenwesens von seiner Entstehung bis in die Zeit des Vormärz dargestellt sind.
Albert E.SCHÄFFLE entwickelte in seinem "gesellschaftlichen System der menschlichen Wirtschaft", einem Lehr- und Handbuch der Nationalökonomie, ökonomische und soziologische Aspekte der Presse.

Zu Beginn des 20.Jahrhunderts finden sich neben primär historischen Arbeiten erste bescheidene Ansätze systematisch empirischen Denkens in der Forderung Karl BÜCHERS (1907) nach statistischen Daten des Zeitungswesens (Zahl der Zeitungen, Auflage, Verbreitung, Häufigkeit des Erscheinens, verlagswirtschaftliche Fragen, Bedeutung der Inserate), mit deren Hilfe Fragen der Zeitungs-WIRKUNG beantwortet werden sollten. (Karl Bücher hat 1916 das Leipziger zeitungswissenschaftliche Institut als erstes im deutschen Sprachraum begründet). Ein weiterer umfassender Plan zur Erhebung der Soziologie des Zeitungswesens stammt von Max WEBER. Der Grundriß dieses nie realisierten Forschungsplanes hat Fragen der Kommunikatorforschung (soziographische Daten der Journalisten, Probleme der Stoffbeschaffung und Stoffauswahl), der Medienforschung (Inhalt), des Institutionen- und Macht-Charakters der Presse sowie der gesellschaftlichen Leistungen und Wirkungen aufgegriffen. Vorgelegt wurde dieser Plan am 1.Deutschen Soziologentag Frankfurt im Jahre 1910.

Karl D'ESTER, seit 1924 Lehrstuhlinhaber in München, hat in seinen zahlreichen Aufsätzen auch soziologische Aspekte der Zeitung im Hinblick auf ihre Wirkung auf Jugendliche und u.a. eine Typologie des Zeitungswesens nach geistigen, technischen und kaufmännischen sowie historischen Gesichtspunkten erstellt.

Otto GROTH's vierbändiges Werk "Die Zeitung" umfaßt eine 'Allgemeine Zeitungskunde' ("Theorie der Journalistik") sowie in der detaillierten Beschreibung des deutschen Zeitungswesens eine "Spezielle Zeitungskunde". Sein kulturwissenschaftliches Verständnis der Zeitungswissenschaft ist geprägt von einer Art Methodenpluralismus, der ansatzweise soziologische, psychologische, volkswirtschaftliche, vor allem aber historische Aspekte enthält.

Karl JÄGER (1926) erkennt in der Zeitung "Ausdrucksmittel des gesellschaftlichen Bewußtseins" und sieht als Zentralprobleme der Zeitungswissenschaft die "öffentliche Meinung" sowie die Zeitungsgeschichte in ihrer politischen und sozialen Bedeutung. Demzufolge soll die Beschäftigung mit der Publizistik nach zwei verschiedenen Gesichtspunkten erfolgen: historisch und aktuell. Aus der geschichtlichen Beschreibung und gegenwartsbezogenen Analyse der Publizistik - er schließt insbesondere "Öffentlichkeit" und "öffentliche Meinung" mit ein - sollen Maßstäbe für eine publizistische Lehre abgeleitet werden.
In diesem Verständnis der wissenschaftlichen Beschäftigung mit den publizistischen Medien (Zeitung, Zeitschrift) ist die Suche nach einer Medien-Theorie erkennbar. Jäger leitet mit seiner Auffassung eine Phase zeitungswissenschaftlichen Denkens ein, in der Grundzüge publizistikwissenschaftlicher Orientierung vorhanden sind.

Literatur:

d'ESTER,Karl: Typologie des Zeitungswesens. In: "Zeitungswissenschaft" 3.Jg. 1928, Heft 1.

EBERHARD,Fritz: Franz Adam Löffler und Max Weber. Zwei Pioniere der Publizistik. In: "Publizistik". Festschrift für Hans Braun, 8.Jg. 1963, S.436 ff.

GROTH,Otto: Die Geschichte der deutschen Zeitungswissenschaft. Probleme und Methoden.- München: Weinmayer 1948.

GROTH,Otto: Die Zeitung. Bd.1: Ein System der Zeitungskunde.- Mannheim/Berlin/Basel 1928 - 1930.

JÄGER,Karl: Von der Zeitungskunde zur publizistischen Wissenschaft.- Jena 1926.

LÖFFLER,Franz Adam: Über die Gesetzgebung der Presse. Ein Versuch zur Lösung ihrer Aufgabe auf wissenschaftlichem Weg. Erster Theil.- Leipzig 1837.

PRUTZ,Robert E.: Geschichte des deutschen Journalismus. Erster Theil. (Faksimiledruck nach der 1.Auflage von 1845).- Göttingen: Vandenhoeck und Ruprecht 1971 (=Reihe Texte des 19.Jh.).

SCHÄFFLE,Albert E.Fr.: Bau und Leben des socialen Körpers. 1.Aufl., 4 Bde.- Tübingen 1875 - 1878.

SCHÖNE,Walter: Drei Jahrhunderte Leipziger Presse.In: "Zeitungswissenschaft" 11.Jg. 1936, S.554 ff.

STIELER,Caspar: Zeitungs Lust und Nutz. Vollständiger Neudruck der Originalausgabe von 1695. (Hrsg. von Gert Hagelweide).- Bremen: Schünemann 1969.

4.2. "Normative Publizistik" (nach Emil DOVIFAT)

Ein erster theoretischer Ansatz der Publizistik ist bei Emil DOVIFAT (1928/1933) vorfindbar. Seiner geisteswissenschaftlichen Auffassung von Publizistik zufolge nimmt in der Zeitung die Vielfältigkeit des öffentlichen Lebens Formen an, und Aufgabe der Zeitungswissenschaft ist es, die Erforschung des Wechselspiels zwischen den geistigen und materiellen Faktoren der Zeitung in den Griff zu bekommen. Wesentlich ist dabei, daß sich nach Dovifat Publizistik prinzipiell auf der Grundlage weltanschaulicher Haltungen vollzieht. Er definiert Publizistik wie folgt:

> *"Publizistik ist jede öffentlich bedingte und öffentlich geübte geistige Einwirkung auf die Öffentlichkeit, um diese ganz oder in ihren Teilen durch freie Überzeugung oder kollektiven Zwang mit Gesinnungskräften über Wissen und Wollen im Tun und Handeln zu bestimmen."*

Die wesentlichen Merkmale dieses Verständnisses von Publizistik sind:

- Publizistik hat in jedem Fall Öffentlichkeitscharakter (... öffentlich bedingte und öffentlich geübte Einwirkung auf die Öffentlichkeit ...).
- Publizistik vollzieht sich - wie erwähnt - prinzipiell auf der Grundlage weltanschaulicher Haltungen (... geistiges Einwirken; ... mit Gesinnungskräften).
- Publizistik erhebt immer (geistigen) Führungsanspruch (... über Wissen und Wollen im Tun und Handeln zu bestimmen ...)
- Publizistik verläuft - modellhaft dargestellt - diesem Denken zufolge vertikal und normativ vom Sender ("oben") auf die Empfänger ("unten"). Der Sender wirkt auf

die Empfänger meinungs- und willensbildend ein.

- Publizistik muß nicht, kann aber Zwangscharakter einnehmen (... freie Überzeugung oder kollektiven Zwang ...)

Dovifats Verständnis von "Publizistik als öffentlich bestimmter und öffentlich bewirkter Einsatz aller Mittel, die Öffentlichkeit in Wissen und Wollen zu bestimmen" (Dovifat 1964) lebt einerseits zwar vom Element der Öffentlichkeit, stellt andererseits aber auch ein vertikales, normatives Denkmodell dar, das heute in der Gesinnungspublizistik, in der Parteien-, Verbands- und Kirchenpublizistik immer noch vorfindbar ist und prinzipiell die Problematik des politischen (Macht-)Mißbrauchs in sich trägt. So hat der "kollektive Zwang" der Publizistik im Dritten Reich deutlich seinen praktischen Niederschlag gefunden, der sich auch in der unmittelbaren Gegenwart in totalitären Systemen und überall dort fortsetzt, wo die Medien 'gemaßregelt' sind.

Besonderes Anliegen der geisteswissenschaftlich geprägten Publizistikwissenschaft Dovifats im Verständnis der Öffentlichkeitslehre war es, die publizistischen Führungsmittel und Wirkungsgesetze der Meinungs- und Willensbildung in den Griff zu bekommen, die im allgemeinen bei den Medien nach gleichen Grundsätzen funktionieren.

Literatur:

DOVIFAT,Emil (Hrsg.): Handbuch der Publizistik. Bd.1: Allgemeine Publizistik.- Berlin: de Gruyter 1968, S.5

DOVIFAT,Emil: Aufgaben der Publizistikwissenschaft. In: "Publizistik" 9.Jg. 1964, S.347 f.

4.3. "Systematische Publizistik" (nach Walter HAGEMANN)

Im Mittelpunkt der in Ansätzen bereits deutlich sozialwissenschaftlich orientierten "systematischen Publizistik" Walter HAGEMANNS steht die Systematisierung des publizistischen Prozesses, also Entstehung, Verarbeitung, Verbreitung und Aufnahme publizistischer Aussagen. Der publizistische Prozeß wird von Hagemann als einseitig verlaufend gesehen, der ausgehend von einem Ereignis über den "Aussageträger" (der Journalist, Redner, Prediger usw.) und eventuell zwischengeschaltete Medien linear zum "Aussageempfänger" (Leser, Hörer, Seher) führt und eine publizistische Wirkung hervorrufen will. Im besonderen fragt Hagemann, wie öffentliche Aussage entstehen, wie sie ver- und bearbeitet werden, wie sie verbreitet und wie sie aufgenommen werden. Als Ausgangspunkt und Endpunkt der öffentlichen Aussage sieht Hagemann den Menschen. Gegenstand der Publizistikwissenschaft im Hagemann'schen Verständnis ist also:

> *"Die Lehre von der öffentlichen Aussage aktueller Bewußtseinsinhalte."*

Dieser Definitionsversuch von Publizistik enthält sowohl die originärpublizistische (öffentliche Rede, Predigt, Straßentheater etc.) wie auch die medial (über technische Massenmedien) vermittelte Publizistik; folgende Elemente sind in diesem Verständnis von Bedeutung:

- Publizistik vollzieht sich öffentlich.
- Publizistik hat Aussagen zum Gegenstand.
- Das besondere Merkmal dieser Aussagen ist, daß sie aktuell sind.

So entwickelt Hagemann am Beispiel dieser drei Grundelemente eine Systematik der Publizistikwissenschaft, und zwar eine Systematik der ÖFFENTLICHKEIT, eine der AUSSAGE und eine der AKTUALITÄT.

Systematik der ÖFFENTLICHKEIT

Hagemann unternimmt zwar keinen Umschreibungs- oder gar Definitionsversuch des in der Geschichte der Zeitungs- und der Publizistikwissenschaft vieldiskutierten Öffentlichkeits-Begriffes, grenzt Öffentlichkeit aber scharf von "privat" ab und differenziert zwischen

a) räumlich versammelter Vielheit
(Publikum, Ansammlung, Versammlung in der originären Publizistik durch Rede, Vortrag, Theater, Lied usw.)

b) räumlich verstreuter Vielheit
(die Zeitungsleser und Rundfunkhörer an verschiedenen Orten in der medial vermittelten Publizistik.)

Systematik der AUSSAGE

So wie Hagemann den publizistischen Prozeß beeinflußt sieht durch unterschiedliche situative Bedingungen der Aufnahme publizistischer Inhalte, betrachtet er auch verschiedene Aussageformen als bedeutungsvoll für die Publizistik. Er unterscheidet zwischen mehreren Aussage-Variablen, und zwar:

a) einfache Aussagen (<u>nur</u> Sprache, <u>nur</u> Mimik) stellt er zusammengesetzten Aussagen (Sprache <u>und</u> Mimik) gegenüber;

b) Aussageträger (als Individuen die Redakteure, als Gruppe ein Redaktionsteam) grenzt er ab von den Aussagemitteln, die er in körperliche, geistige und technische untergliedert;

c) schließlich unterscheidet er auch noch zwischen Aussagemotiven (spontane, intentionale, instrumentale) und Aussagezielen (Unterrichtung, Belehrung, Beeinflussung).

Systematik der AKTUALITÄT

Hier differenziert Hagemann zwischen primärer, sekundärer, künstlicher und ideeller Aktualität. Mit <u>pri-</u>

märer Aktualität ist das unmittelbar Wichtige gemeint; sekundäre Aktualität meint das seit längerer Dauer gültig Aktuelle, das von Interesse ist; künstliche Aktualität ist erzeugte, protegierte Aktualität, ideelle Aktualität bezeichnet dauernd gültige Werte. In dieser Aktualitätssystematik bringt Hagemann allerdings die verschiedenen zeitlichen, räumlichen, politischen, sozialen, psychologischen, zeitlos gültigen und medieninternen Dimensionen nicht unter.
Im weiteren systematisiert Hagemann genau den publizistischen Prozeß, den er vom Ereignis ausgehend über die geistige Erfassung durch den Aussageträger, die direkte (in der originären Publizistik) oder indirekte (in der medialen Publizistik) Weitergabe, den Empfang durch die Leser, Hörer und Seher genau verfolgt bis hin zur Wirkung in den Folgen der Begegnung des Aussageempfängers mit der Aussage.

Die "systematische Publizistik" der geschilderten Art unterscheidet sich von der normativen durch den Verzicht auf den publizistischen Führungsaspekt, durch die intensive Hinwendung auf Motive und Wirkungen der Publizistik sowie die deutlich sozialwissenschaftliche Orientierung, die sich freilich in der Beschreibung publizistischer Phänomene erschöpft. Die besonderen Leistungen dieses theoretischen Denk- und Ordnungsmodells liegen darin, daß

- diese Systematik für alle Medien (und nicht etwa nur auf Zeitungen und Zeitschriften) anwendbar ist
- diese Systematik auch heute noch die systematische Beschreibung und Ordnung publizistischer Erscheinungen gestattet
- Publizistik als gesellschaftlicher Prozeß (und nicht etwa nur als historisches, politisches oder wirtschaftliches Ereignis bzw. Phänomen) gesehen und verstanden wird.

Literatur:

HAGEMANN,Walter: Grundzüge der Publizistik. (Hrsg. von Henk Prakke).- Münster: Regensberg 1966 (=Dialog der Gesellschaft 1).

4.4. Die "funktionale Publizistik" (nach Henk PRAKKE)

Auch in der sozialwissenschaftlichem Denken entspringenden "funktionalen Publizistik" nach Henk PRAKKE steht im Mittelpunkt der Überlegungen der publizistische Prozeß, allerdings unterscheidet sich dieses Prozeßverständnis doch wesentlich von jenem der systematischen Publizistik. Im "funktionalen Ansatz" wird der Prozeßablauf publizistischer Kommunikation nicht als vertikal und einseitig verlaufend gesehen (also vom Sender ausgehend bis hin zum Empfänger) sondern als eine "Funktion" zwischen KOMMUNIKATOR und REZIPIENT im Sinne "gesellschaftlichen Zwiegesprächs" zwischen den Sendern und den Empfängern. Kommunikator und Rezipient verständigen sich gewissermaßen mit den Medien als Kommunikationskanäle über im gesellschaftlichen Umfeld relevante Themen. Beide, Sender und Empfänger, wissen über dieses Thema Bescheid, weil sie unter den annähernd gleichen Bedingungen im selben gesellschaftlichen Umfeld leben. Zudem ist der Kommunikator aufgrund der Inspiration und Reaktion durch den Empfänger motiviert, den Bedürfnissen der Empfänger entsprechend zu publizieren. Sender und Empfänger kommunizieren miteinander auf der Basis eines gemeinsamen Zeichensystems. PRAKKE benennt außerdem konkret die gesellschaftlichen Funktionen der publizistischen Kommunikation: Information (d.h. Unterrichtung und Belehrung); Kommentar (d.h. Meinungsbildung und Meinungsbestätigung); Unterhaltung (d.h. Sozius-, Freundersatzfunktion). Die "funktionale Publizistik" wird von Prakke definiert als

> *"Die Lehre von der zwischenmenschlichen Kommunikation besonders in ihren öffentlichen Leistungen als Informator, Kommen-*

tator und Sozius - und deren gesellschaftliche Regelung."

Diese "zwischenmenschliche Kommunikation" wird zur Publizistik, wenn sie öffentlich vor sich geht und aktuelle Bezüge nachweist. Die Betonung der publizistischen Kommunikation als "zwischenmenschliche Kommunikation" soll außerdem den Charakter des funktionalen Verständnisses, fast im Sinne von Rede und Gegenrede, Frage und Antwort, auch und vor allem in der medial vermittelten, also eben publizistischen Kommunikation, verdeutlichen. Dieses Verständnis von Publizistik ist auch das Neue am "funktionalen Ansatz": die Sicht von Kommunikator und Rezipient als - idealiter - gleichberechtigte Gesprächspartner, die gewissermaßen dialogisch über die Medien miteinander kommunizieren. So ist die "funktionale Publizistik", das öffentlich vor sich gehende Zwiegespräch der Gesellschaft, determiniert durch:

- den für Kommunikator und Rezipient gemeinsamen soziokulturellen Hintergrund, in welchem beide unter annähernd gleichen gesellschaftlichen Bedingungen leben;
- die kommunikativen Bedürfnisse in der Gesellschaft nach Information (also Unterrichtung und Belehrung), Kommentar (also Meinungsbildung und Meinungsbestätigung) sowie Unterhaltung (also Regeneration und Freizeitgestaltung);
- sowie vor allem diese dem Kommunikator gegenwärtige Bedürfnissituation, durch die er ständig inspiriert wird (INSPIRATION) und entsprechend publiziert (PUBLIKATION). Die Rezipienten reagieren durch Annahme oder Ablehnung (durch direkte Reaktion über Leserbriefe oder Anruf beim Kommunikator oder durch indirekte Reaktion durch Wahl eines anderen Mediums oder anderen Programms); diese Reaktion wird als Rückkopplung oder "feed back" bezeichnet.

Abbildung 4

PRAKKE, 1968
Schema der "funktionalen Publizistik"

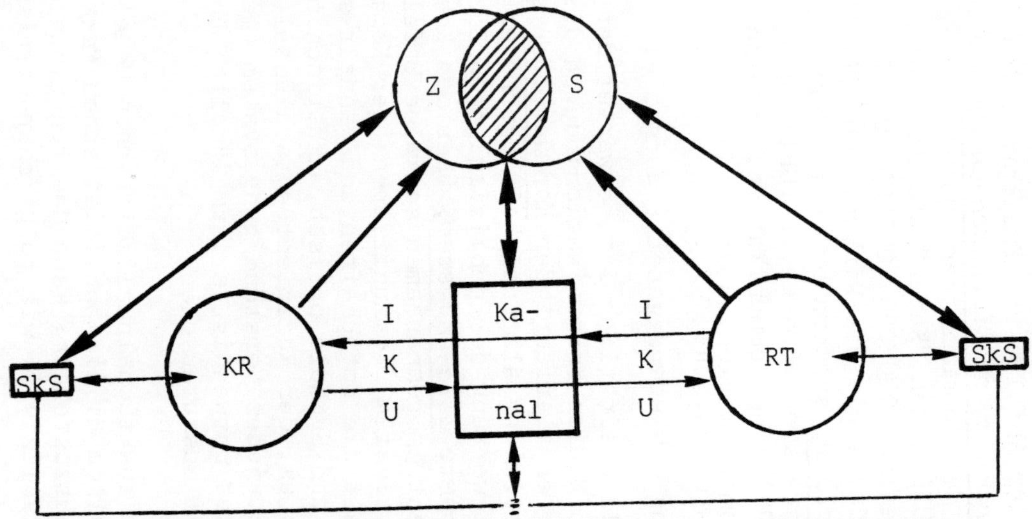

KR = Kommunikator; RT = Rezipient; Kanal = Sammelbegriff für Medien; I,K,U = Information, Kommentar, Unterhaltung; Zs = Zeichensystem (=Verständigungs-System zwischen KR und RT); SkS = soziokulturelles System

Quelle: Prakke,Henk: Kommunikation der Gesellschaft. Einführung in die funktionale Publizistik.- Münster: Regensberg 1968.

PRAKKE versteht weiters die "funktionale Publizistik" als einen publizistischen Prozeß mit unmittelbar prozeßbezogenen Faktoren und nicht prozessualen Elementen. In Anlehnung an die Prozeßformel LASSWELLS und unter Auflösung des publizistischen Prozesses in einzelne Elemente anhand der Abfolge von Fragepronomina zählt Prakke zu den *direkt am publizistischen Prozeß beteiligten Faktoren:* den Kommunikator (QUIS), den Kommunikationsinhalt (QUID), den "Kanal" und das verwendete Zeichensystem (Medium, QUOMODO, QUIBUS AUXILIIS), den Rezipient (AD QUEM) sowie die Wirkung (QUO EFFECTU). Als *nicht unmittelbar*, sondern nur mittelbar (indirekt) beteiligte Elemente sieht Prakke wo (UBI), wann (QUANDO) und warum (CUR) eine Kommunikation, insbesondere publizistische Kommunikation, stattfindet. Modellhaft hat Prakke die "Funktionale Publizistik" - wie in Abbildung 4 wiedergegeben - dargestellt.

Wie aus dem Modell ersichtlich ist, erwartet der *Rezipient* von den Medien Kommunikation; durch diese Erwartungshaltung erst erfährt der *Kommunikator* seine Bedeutung und Bestimmung als Entscheidungsträger für die Auswahl und Bewertung der publizistischen Botschaften. Das gesamte *Zeichensystem*, über das Kommunikator und Rezipient im gemeinsamen sozialen Umfeld (soziokulturelles System) kommunizieren (der Kommunikator verschlüsselt die Botschaften und wandelt sie in Sprache, Zeichen und Symbole optisch, akustisch oder optisch-akustisch um, der Rezipient entschlüsselt sinngemäß), stellt jenes Verständigungssystem (meist "Sprache") dar, das notwendig ist, um Inhalte, Botschaften, Aussagen auszutauschen.

Ausgehend von dem funktionalpublizistischen Modell Prakkes und vor allem um die publizistischen *Funktionen* deutlich herauszustellen, kann das funktionale Verständnis von Publizistik wie folgt charakterisiert werden:

Publizistik als Funktion bedeutet

nicht *AUSSAGE*	sondern *KOMMUNIKATION*
nicht *AUSSAGETRÄGER*	sondern *KOMMUNIKATOR*
nicht *AUSSAGEEMPFÄNGER*	sondern *REZIPIENT*
nicht *ÖFFENTLICHKEIT*	sondern *SOZIALES SYSTEM*
nicht *EMPFANGSBEREITSCHAFT DES PUBLIKUMS*	sondern *REAKTION UND INSPIRATION DURCH DAS PUBLIKUM*
nicht *PUBLIZISTISCHE ZIELE DES 'SENDERS'*	sondern *PUBLIZISTISCHE FUNKTIONEN ZWISCHEN REZIPIENT UND KOMMUNIKATOR*
nicht *FÜHRUNG UND LEITUNG DES PUBLIKUMS*	sondern *SPIEGELUNG UND PRÄGUNG GESELLSCHAFTLICHER BEDÜRFNISSE*
nicht *ÖFFENTLICHE AUFGABE*	sondern *ERWARTUNGSORIENTIERUNG*
nicht *STRUKTUR*	sondern *SYSTEM*
nicht *PUBLIZISTISCHES HANDELN DES 'SENDERS'*	sondern *KOMMUNIKATIVES VERHALTEN DURCH REZIPIENT UND KOMMUNIKATOR*

Die besondere Leistung der "funktionalen Publizistik" liegt zweifellos darin, publizistische Kommunikation als gesellschaftliches Phänomen und als gesamtgesellschaftliche Notwendigkeit erkannt zu haben. Sie orientiert sich in erster Linie an den kommunikativen Bedürfnissen der Gesellschaft, die rückgekoppelt werden und durch die Medien abzudecken sind. Der "funktionale Ansatz" fragt dagegen nicht (oder nur kaum) nach der Art der inhaltlichen Beschaffenheit dieser Bedürfnisse, wodurch sie als relativ abstrakte Auffassung erscheint, die von den konstitutiven Bedingungen der Gesellschaft - den politischen, wirtschaftlichen, kulturellen, sozialen usw. - absieht. Außerdem begünstigt nach Auffassung von Kritikern des Prakkeschen Ansatzes die Zwiegesprächsformel "... zu sehr soziale Harmonie, die dazu angetan ist, Interessenskonflikte zu verschleiern". (DRÖGE)

Dennoch hat die funktionale Publizistik wesentlich zu einem sozialwissenschaftlich ausgeprägten Selbstverständnis der Publizistik- und Kommunikationswissenschaft geführt. Ihr Denkansatz hat in vielen Bereichen Forschungsimpulse gesetzt und gemeinsam mit den Überlegungen Gerhard Maletzkes zu der allgemein anerkannten Systematisierung der Publizistik- und Kommunikationswissenschaft in die Bereiche der Kommunikator-, Aussagen-, Medien-, Rezipienten- und Wirkungsforschung im interdisziplinären Verständnis geführt.

Literatur:

DRÖGE,Franz: Der Funktionalismus in der Kommunikationswissenschaft. Henk Prakke zum 70.Geburtstag. In: "Publizistik" 15.Jg. 1970, S.93-97.

PRAKKE,Henk: Alle Publizistik ist Zwiegespräch. In: "Publizistik" 5.Jg. 1960, S.208-210.

PRAKKE,Henk: Das Selbstverständnis der Publizistik- und Zeitungswissenschaft. In: "Publizistik" 9.Jg. 1964, S.350-353.

PRAKKE,Henk: Kommunikation der Gesellschaft. Einführung in die funktionale Publizistik. (Unter Mitarbeit von Franz W.Dröge, Winfried B.Lerg und Michael Schmolke).- Münster: Regensberg 1968. (=Dialog der Gesellschaft 2).

4.5. Der "massenkommunikative Ansatz" (nach Gerhard MALETZKE)

Dem funktionalpublizistischen Modell ähnlich ist der von Gerhard MALETZKE erarbeitete, aus der anglo-amerikanischen Literatur der Kommunikationsforschung abgeleitete "massenkommunikative" Ansatz, in welchem nicht mehr von 'Publizistik' oder 'publizistischer Kommunikation' die Rede ist, sondern in Anlehnung an die angloamerikanische Terminologie von "Massenkommunikation" (in der wörtlichen Übernahme von "mass communication"). MALETZKE beschreibt Massenkommunikation als

> *"Jene Form der Kommunikation, bei der Aussagen öffentlich, durch technische Verbreitungsmittel indirekt und einseitig an ein disperses Publikum vermittelt werden."*

Markante Kennzeichen dieses Verständnisses von Massenkommunikation sind (wie bereits im Kapitel 1.2. bei der Klärung von Begriffen ausgeführt), daß sie öffentlich und über technische Verbreitungsmittel, vor allem aber indirekt und einseitig abläuft. Der publizistische Prozeß ist nach diesem Verständnis demzufolge wie auch bei Prakke horizontal angeordnet, allerdings betont Maletzke nicht so sehr die von Prakke zu idealistisch und modellhaft gesehene "Rückkopplung", also die permanente Wechselbeziehung zwischen Kommunikator und Rezipient durch Inspiration und Reaktion.

Das Schema der Massenkommunikation ist vielmehr bestimmt von den vier Grundfaktoren Kommunikator, Aussage, Medium und Rezipient (einschließlich Wirkung). Alle vier Grundfaktoren sieht Maletzke in ein- oder gegenseitigen Beziehungen und Abhängigkeiten (Dependenzen und Interdependenzen), die für alle Medien - freilich unter Berücksichtigung ihrer technischen und psychologischen Eigengesetzlichkeiten - in gleicher Weise zutreffen. Obwohl also auch diesem Modell zufolge der Rezipienten fallweise reagiert und zum Kommunikator direkt oder indirekt rückkoppelt, wird Massenkommunikation von Maletzke in erster Linie als in der Regel doch eher einseitig verlaufender Prozeß vom Kommunikator zum Rezipienten mit fallweisen Reaktionen des Rezipienten gesehen. Im Modell stellt sich der - übrigens sehr stark psychologisch orientierte - "massenkommunikative Ansatz" Maletzkes wie folgt dar:

Abbildung 5

MALETZKE, 1963

Schema des Feldes der Massenkommunikation

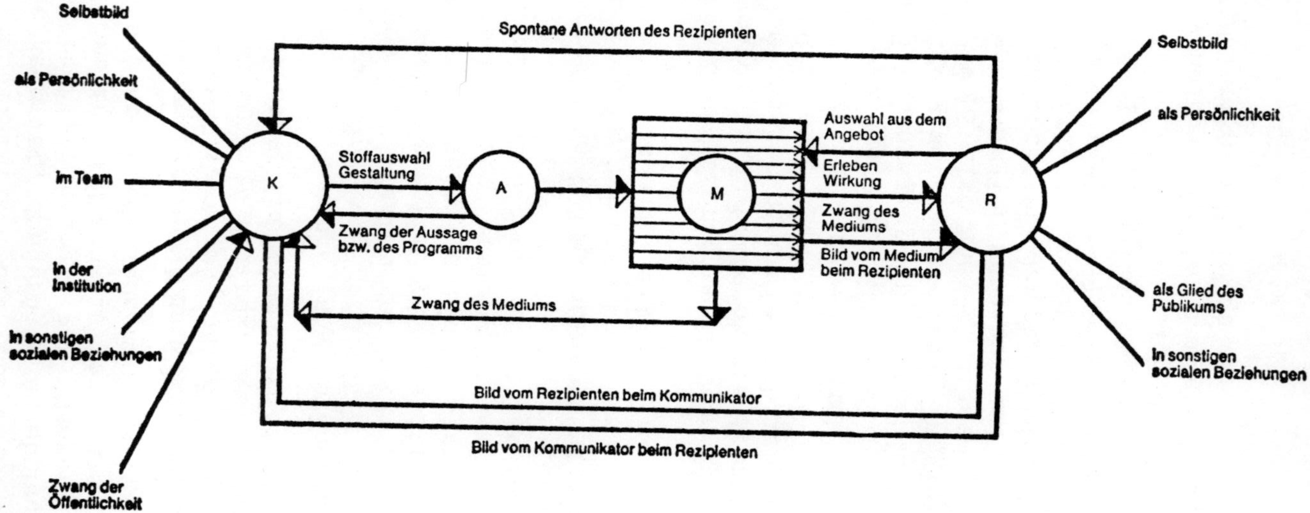

K = Kommunikator; A = Aussage;
M = Medium; R = Rezipient;

Quelle: Maletzke,Gerhard (Hrsg.): Einführung in die Massenkommunikationsforschung.- Berlin: Verlag Volker Spiess 1972, S.14

Tragende Elemente des Feldschemas der Massenkommunikation sind demzufolge:

- Der *REZIPIENT* wird verstanden als Persönlichkeit mit eigenem Selbstbild, aber in einem vielschichtigen sozialen Beziehungsgeflecht und vor allem als Glied des dispersen (also räumlich oder raumzeitlich verstreuten) Publikums

- Der *KOMMUNIKATOR* wird ebenfalls als Persönlichkeit gesehen innerhalb eines sozialen Beziehungsgeflechts, vor allem aber auch unter den Zwängen im Team einer Redaktion, den Zwängen der Redaktion innerhalb der Medieninstitution sowie unter dem Zwang der Öffentlichkeit

- Die *MEDIEN* schließlich zeichnen sich durch Eigengesetzlichkeiten aus (die Zeitung durch andere als der Hörfunk, dieser wieder durch andere als das Fernsehen usw.), die unter anderem für das Erleben der Kommunikation und die Wirkung beim Rezipienten von Bedeutung sind.

- Innerhalb des Feldschemas mißt Maletzke der Aussage relativ wenig Bedeutung bei: sie wird als unabdingbares Konstituens jeglicher Kommunikation a priori vorausgesetzt

- Als weiteres wesentliches Merkmal der Massenkommunikation ist schließlich zu beachten, daß sie *indirekt* und *einseitig* abläuft: Beides bedeutet, daß ein Rollenwechsel zwischen Kommunikator und Rezipient ausgeschlossen, ein Reagieren nicht oder nur schwer möglich sowie jede Massenkommunikation medial vermittelt ist - und somit nicht "die" Wirklichkeit, sondern eine gestaltete Wirklichkeit darstellt.

Dennoch schließt Maletzke eine absolut einseitige Prozeßverlaufs-Sicht in seinem Modell aus: Seiner Auffassung zufolge hat in jeder Massenkommunikation der Kommunikator ein Bild vom Rezipienten und der Rezipient ein Bild vom Kommunikator. Das will besagen, daß der Sender weiß, für wen er publiziert; und daß der Empfänger weiß, von wem publiziert wird. Kommunikator und Rezipient "kennen" demnach einander also bedingt.

So sind im "massenkommunikativen Ansatz" also Parallelen zum funktionalpublizistischen Modell vorfindbar, und dennoch unterscheidet es sich von diesem: Maletzke nimmt - wie bereits erwähnt - Abstand von einer permanenten Wechselbeziehung zwischen Empfänger und Sender. Er sieht zudem Massenkommunikation nicht abstrakt, sondern eingegliedert, integriert in ein gesellschaftliches, vielschichtiges Beziehungsgeflecht. Und schließlich drittens: Massenkommunikation im Sinne Maletzkes bedarf nicht zwingend der Aktualität, das bedeutet, daß auch die nicht-aktuellen Medien wie Buch, Schallplatte, Casette und Bildplatte zu den Massenkommunikationsmedien gerechnet werden. Originäre Publizistik wird dagegen in diesem theoretischen Ansatz nicht untergebracht.

Mit seiner "Formel", wonach Massenkommunikation jene Form von Kommunikation ist, "bei der Aussagen öffentlich, durch technische Verbreitungsmittel indirekt und einseitig an ein disperses Publikum vermittelt werden", hat Maletzke ein in weiten Kreisen der Publizistik- und Kommunikationswissenschaft anerkanntes Verständnis medial vermittelter, publizistischer Kommunikation geschaffen, das Massenkommunikation in ihrer gesellschaftlichen Erscheinung und Ausprägung relativ wertneutral und konkret erfaßt.

Literatur:

MALETZKE,Gerhard: Psychologie der Massenkommunikation. Theorie und Systematik. 2.Aufl.- Hamburg: Verlag des H.Bredow-Instituts 1972.

MALETZKE,Gerhard: Publizistik zwischen Geistes- und Sozialwissenschaft.- Berlin 1967.

MERTEN,Klaus: Kommunikation. Eine Begriffs- und Prozeßanalyse.- Opladen: Westdeutscher Verlag 1977. (=Studien zur Sozialwissenschaft 35).

4.6. Der "systemtheoretische Ansatz"

Systemtheoretisches Denken ist aus den Naturwissenschaften (nämlich der Biologie) abgeleitet und auf gesellschaftliche Phänomene übertragen worden. Beim Denken in Systemen hat man ursprünglich versucht, die Beschaffenheit einer Wirklichkeit als Ganzes und als Summe von in Beziehung stehenden Teilen des Ganzen zu erfassen. Bei diesem Bemühen bediente man sich erkenntnistheoretischer Abstraktionsmodelle: Eine Erfahrungswirklichkeit sollte weitmöglichst inhaltlich und umfänglich in ihren Bedingungen, ihrer Zuständlichkeit, ihrer Gegenständlichkeit und ihrer funktionalen Bedeutung erfaßt und gedeutet werden. Im wesentlichen trifft dies auch für die neueren systemtheoretischen Überlegungen zu.

In der *ALLGEMEINEN SYSTEMTHEORIE* versteht man unter System ein Bündel von Elementen oder Objekten, die in ihrer je konkreten Beschaffenheit untereinander ständig in Beziehung stehen und ein Ganzes darstellen. Das System-Ganze (kurz das System) ist gekennzeichnet und bestimmt durch Strukturen und Funktionen.
Mit den *STRUKTUREN* ist das Ordnungsgefüge und die Beschaffenheit des Systemganzen und der Systemteile gemeint.
Die *FUNKTIONEN* sind jene erwünschten und beabsichtigten Leistungen, die das System (unter gegebenen, nur teils veränderbaren Strukturen) erbringt und wodurch es sich reguliert und aufrecht erhält: nämlich durch Eingliederung (Integration) und Anpassung (Adoption). Auch und besonders gesellschaftliche Systeme wie Staatssysteme, Parteiensysteme, Verbandssysteme und Institutionen können unter systemtheoretischem Aspekt

gesehen werden: Alle gesellschaftlichen Systeme oder Subsysteme weisen bestimmte Strukturen auf, die ihr (inneres und äußeres) Ordnungsgefüge darstellen. Gesellschaftliche Systeme bilden sich bzw. entstehen, um sinnvolles menschliches, d.h. individuelles und soziales Verhalten innerhalb des vielschichtigen gesellschaftlichen Beziehungs- und Abhängigkeitsgeflechts (also innerhalb gegebener gesellschaftlicher Strukturen) möglich zu machen. Die Leistungen solcher Systeme für ihre Systemteile bzw. -mitglieder sind die Funktionen des Systems: sie bestehen im wesentlichen darin, das komplexe Abhängigkeits- und Beziehungsgeflecht der Gesellschaft für den einzelnen soweit durchschaubar zu machen und auf ein erträgliches Maß zu reduzieren, daß die Systemmitglieder sich in ihrer Umwelt zurechtfinden können; die Leistungen sozialer Systeme bestehen somit in der "Reduktion von Umweltkomplexität und Umweltvariabilität".

Im Laufe der publizistik- und kommunikationswissenschaftlichen Theoriebildung ist das Systemdenken auch auf das gesellschaftliche Phänomen Massenkommunikation übertragen worden. Das gesamte Beziehungsgeflecht publizistischer Kommunikation wird dabei als das "System Massenkommunikation" betrachtet. Wie andere soziale Systeme und Subsysteme auch ist das Massenkommunikationssystem einer Gesellschaft durch Strukturen und Funktionen gekennzeichnet und erbringt bestimmte - erwünschte und beabsichtigte sowie unerwünschte und nichtbeabsichtigte - Leistungen für die Gesellschaft.
Mit <u>Struktur</u> eines Massenkommunikationssystems ist die Verfaßtheit, die Beschaffenheit des Systems gemeint: die politische, organisatorische und wirtschaftliche Verfassung (z.B. privat-wirtschaftlich oder öffentlich-rechtlich), die Vielfalt der Medien Presse- und Rundfunk.
Mit der <u>Funktion</u> des Massenkommunikationssystems sind die gesellschaftlichen Leistungen der Massenmedien gemeint: die Bedarfsdeckung der Gesellschaft mit kommunikativem Stoff sowie die Sozialisierung der Sinngehalte einer Gesellschaft. Modellhaft kann ein Massen-

kommunikationssystem in seiner Struktur und mit seinen Funktionen wie folgt dargestellt werden:

Abbildung 6

System Massenkommunikation

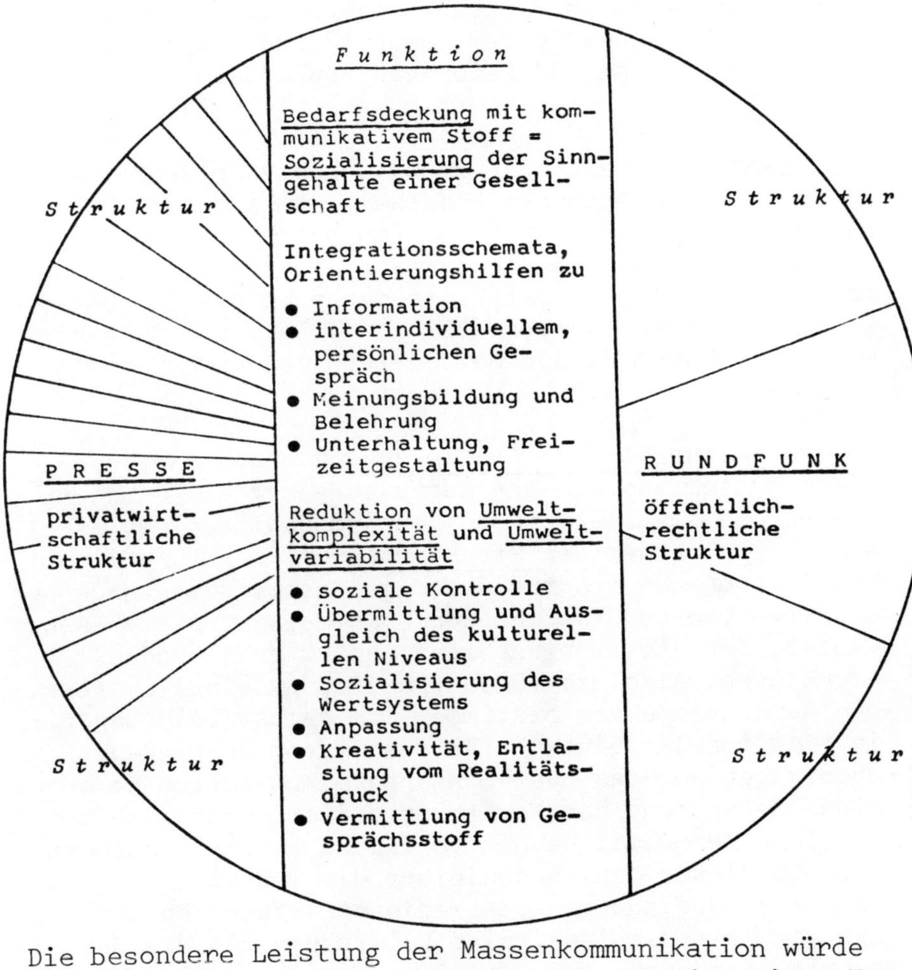

Die besondere Leistung der Massenkommunikation würde darin bestehen, daß im Idealfall alle Medien eines Kommunikationssystems sämtliche Interessen und Bedürfnisse aller gesellschaftlichen Gruppen verbreiten und dadurch dem einzelnen dazu verhelfen, sich im vielschichtigen gesellschaftlichen Beziehungsgeflecht zurechtzufinden und so sinnvolles menschliches (Individual- und Sozial-) Verhalten zu ermöglichen. Somit dient auch das Massenkommunikationssystem als gesellschaftliches System oder Subsystem der Reduktion von Umweltkomplexität und Umweltvariabilität. Die Stabilität eines Massenkommunikationssystems ist vor allem dann geleistet, wenn potentielle Konfliktsituationen divergierender Interessen aus dem System gebannt sind und jeder das seinen Interessen und Meinungen thematisch Entsprechende findet.

Insgesamt differenziert man zwischen vier verschiedenen systemtheoretischen Ansätzen, nämlich dem "kybernetischen Ansatz", dem "Input-output-Modell", dem "strukturell-funktionalen Ansatz" sowie dem "funktional-strukturellen Ansatz". In der publizistik- und kommunikationswissenschaftlichen Theorienbildung hat man sich besonders der beiden letztgenannten Ansätze bedient.

Der *"strukturell-funktionale Ansatz"* (nach Parsons)
Diese systemtheoretische Auffassung hat als Grundanliegen die Regulierung und Bestanderhaltung des Systems. Sie ordnet den Strukturbegriff dem Funktionsbegriff vor und fragt demzufolge insbesondere nach bestimmten und zu bestimmenden Systemstrukturen. Das bedeutet, daß die (vorgegebenen und zu erhaltenden) Strukturen, also das (Ordnungs-)Gefüge eines Systems, die Handlungsmuster bestimmen und selbst Leistungen - im funktionalen Sinne - für das System erbringen. Übertragen auf das System Massenkommunikation bedeutet dies: Gegenstand der Massenkommunikationsanalyse sind die in einer Gesellschaft vorfindbaren Medienstrukturen. In diesem Denken dominiert die Tendenz, in den gegebenen Bedingungen der Medienstrukturen selbst funktionale Erfordernisse, also Leistungen für die Gesellschaft begründet zu sehen. Die Funktionen sind, wenn überhaupt, erst sekundär Untersuchungsgegenstand; stark verallgemeindernd könnte man sagen, die Funktionen ergeben sich aus den Strukturen. Die strukturell-funktionale Systemtheorie weist also die Tendenz auf, die Bedingungen oder Muster von Handlungen als funk-

tionale Erfordernisse des Systems zu interpretieren. Möglichkeiten des Funktionsverlustes oder des Funktionswechsels bleiben in diesem Ansatz im wesentlichen unberücksichtigt.

Der *"funktional-strukturelle Ansatz"* (nach Luhmann)
In dieser systemtheoretischen Auffassung wird der Funktionsbegriff dem Strukturbegriff vorgeordnet, d.h. die Strukturen, das Ordnungsgefüge, eines Systems werden nicht mehr als gegebener Systemrahmen vorausgesetzt, sondern sind selbst Gegenstand der Analyse. Ebenso wird gefragt, ob unter den vorgebenen Strukturen eines Systems die erwünschten und beabsichtigten Funktionen für das System erbracht werden können.

Übertragen auf die Massenkommunikation bedeutet dies, daß im funktional-strukturellen Systemdenken "das Kommunikationssystem einer Gesellschaft nicht deshalb schon als entwickelt vorgegeben ist, weil es Einrichtungen aufzuweisen hat, die sich Rundfunk- oder Fernsehanstalten nennen. Vielmehr ergibt erst die Analyse dieser Strukturen des Kommunikationssystems, welche Informationsleistungen diese für die spezifische Gesellschaft zu erbringen vermögen" (RÜHL, 1969).

Im Gegensatz zur strukturell-funktionalen Systemtheorie, die - etwas überzeichnet formuliert - von der Unabänderlichkeit der Strukturen und der Aufrechterhaltung des Systems ausgeht und in den Systemstrukturen selbst Leistungen für das System sieht, versucht die funktional-strukturelle Systemanalyse Aussagen darüber zu erlangen, welche Aufgaben hinsichtlich der Struktur- und Funktionsüberprüfung und -revision ein System zu lösen hat, wenn es fortbestehen will. Funktional-strukturelle Denkansätze werden daher auch als Theorien sozialer Bedürfnisse gesehen. Im funktionalpublizistischen Ansatz PRAKKES und im massenkommunikativen Ansatz MALETZKES ist funktional-strukturelles Systemdenken enthalten, wenngleich in ihnen die Bedeutung der Massenkommunikation eher auf die Befriedigung kommunikativer Erwartungen und Bedürfnisse durch die Rezipienten angelegt ist.

Die Verschiedenheit der beiden systemtheoretischen Auffassungen läßt sich wie folgt vergleichend darstellen:

strukturell-funktionaler Ansatz	funktional-struktureller Ansatz
Typologisierung nach Wesenheit (Ontologie)	Typologisierung nach Funktion (Alternativen)
System besteht aus Personen (bzw. Strukturen)	System besteht aus Handlungen (bzw. Funktionen)
System ist ein substantielles Gebilde	System ist ein relatives Gebilde der Umwelt gegenüber
System besteht in sich und durch sich	System besteht in der Auseinandersetzung mit der Umwelt
Strukturelemente auf der Ebene von Handlungen	Strukturelemente auf der Ebene von Erwartungen
Strukturen besagen das Wesen eines Systems	Strukturen besagen Prozeß eines sozialen Systems auf der Ebene der Verhaltenserwartung in zeitlicher, sachlicher und sozialer Dimension

In Übertragung auf die Medien heißt das:

die Strukturen eines Massenkommunikationssystems einer Gesellschaft werden als gegebener Bezugsrahmen für die Funktionen (Leistungen) des Massenkommunikationssystems vorausgesetzt. Gegenstand der Analyse sind die Funktionen.	die Strukturen eines Massenkommunikationssystems einer Gesellschaft werden <u>nicht</u> als gegebener Bezugsrahmen vorausgesetzt; sie sind vielmehr Gegenstand der Analyse. Ebenso die Funktionen.

Das *"Input/Output-Modell"* der Systemtheorie

In diesem Ansatz wird das System als ein durch multikausale Relationen in Form von "Inputs" und "Outputs" mit der Umwelt - und somit mit anderen Systemen - in Verbindung stehendes Gebilde gesehen, d.h.: Soziale Systeme nehmen Leistungen aus der Umwelt - aus anderen Systemen und Subsystemen - auf und geben solche auch an die Umwelt ab. Ein Teil der Outputs kann durchaus in Form von Wirkungen und Folgen durch die Rückkoppelung - "feed back" - als Input in das System zurückgelangen.

Abbildung 7 "Input-Output-Modell"

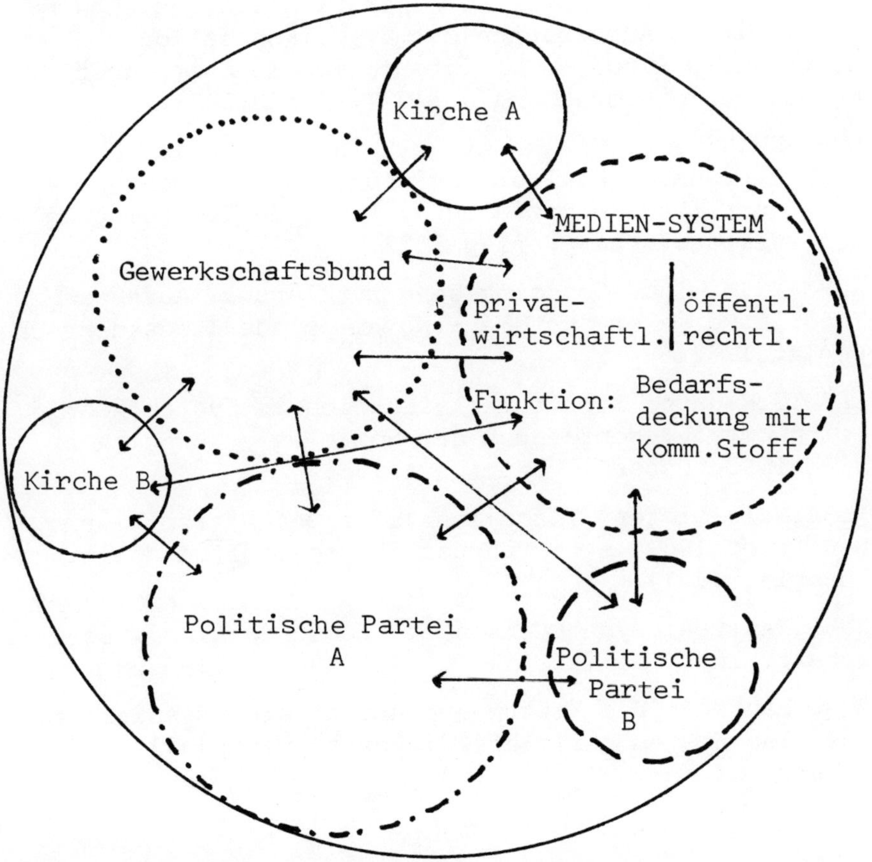

Übertragen auf die Massenmedien bedeutet dies (siehe Abbildung 7): das Massenkommunikationssystem wird als (soziales) System neben anderen Systemen (Parteien, Verbänden, Gewerkschaften, Kammern, Kirchen etc.) gesehen. Mit diesen anderen Systemen steht das Mediensystem in Verbindung, gibt Leistungen (inputs) an sie ab und empfängt von ihnen aber auch welche (outputs der anderen Systeme). So entsteht ein Rückkoppelungsprozeß, durch den die (zum Teil miteinander konkurrierenden, zum Teil einander ergänzenden) Systeme aufrecht erhalten bleiben.

Literatur:

KUNCZIK,Michael: Massenkommunikation als soziales System. Einige Anmerkungen zur Systemkonzeption von Melvin L.de Fleur.- In: Internationale Zeitschrift für Kommunikationsforschung. 1:1974, S.288-304.

LUHMANN,Niklas: Soziologie als Theorie sozialer Systeme. In: Luhmann,Niklas: Soziologische Aufklärung. Aufsätze zur Theorie sozialer Systeme, Bd.1.- Köln, Opladen: Westdeutscher Verlag 1972.

LUHMANN,Niklas: Soziologische Aufklärung. Aufsätze zur Theorie sozialer Systeme.- Köln, Opladen; Westdeutscher Verlag 1972.

MAYNTZ,Renate: Strukturell-funktionale Systemtheorie. Stichwort in: Wörterbuch der Soziologie. Hrsg. von Wilhelm Bernsdorf.- Stuttgart 1969.

NARR,Wolf-Dieter: Theoriebegriffe und Systemtheorie.- Stuttgart 1969. (=Einführung in die moderne politische Theorie, Bd.1)

RÜHL,Manfred: Systemdenken und Kommunikationswissenschaft. In: "Publizistik" 14.Jg. 1969, S.185-205.

RÜHL,Manfred: Die Zeitungsredaktion als organisiertes soziales System.- Bielefeld: Bertelsmann 1971 (=Gesellschaft und Kommunikation 8).

4.7. "Kritische Publizistik"

Die "kritische Theorie", konzeptiv Ende der 30er Jahre dieses Jahrhunderts als sozialistisch orientierte, geistige Gegenhaltung zu Faschismus und Kapitalismus entstanden (Frankfurter Schule, Horkheimer, Adorno, Marcuse), sieht grundlegende gesellschaftliche Widersprüche im massenmedialen Produktions-, Distributions- und Konsumptions-Prozeß (also in den Bedingungen, unter denen massenmediale Inhalte produziert, an die Empfänger verteilt und verbreitet sowie von den Empfängern aufgenommen werden). Diese Widersprüche bilden den Ausgangspunkt kritisch-theoretischer Überlegungen. Sie werden im einzelnen wie folgt dargelegt:

Die *PRODUKTION* massenmedialer Inhalte erfolgt nach dieser Sicht unter den klassischen Bedingungen des Kapitalismus: Jene, die im Besitz der Medien sind (z.B. der privatwirtschaftlich betriebenen Pressemedienbetriebe) oder jene, die über die Medien verfügen (z.B. die Manager öffentlich-rechtlicher Rundfunkanstalten) bestimmen als Herrschende die Medieninhalte; einige wenige machen für viele Medienprogramme, die individuelle und gesellschaftliche Erfahrung nur vorgeben und vortäuschen, nicht jedoch wiederspiegeln.

Die *DISTRIBUTION*, die Verteilung und Verbreitung der massenmedialen Programme unterliegt ebenso den Strukturen des Kapitalismus, sie wird - zum Teil im bitteren Konkurrenzkampf und unter den Bedingungen der Medienkonzentration - von den Herrschenden gesteuert und erfolgt - geprägt vor allem durch die starke, ökonomische Abhängigkeit von Anzeigen- und Werbeeinnahmen - unter denselben Verwertungsbedingungen und Zwängen der Profitmaximierung, unter denen die Medienprogramme und -inhalte entstehen.

In der *KONSUMPTION* der Medienprogramme werden den Medienempfängern jene Medieninhalte oktroyiert, die unter kapitalistischen Produktions- und Distributionsbedingungen entstanden und verbreitet worden sind. Diese Medien-Inhalte zwängen falsche Bedürfnisse auf und spiegeln nur scheinbar, nicht jedoch de facto den relevanten Gesamtsinn der Gesellschaft, also ihre individuellen und gesellschaftlichen Erfahrungen und Bedürfnisse wider. Den Inhalten der Massenkommunikation ist der Konsument als Rezipient hilflos ausgesetzt: Er wird von ihnen manipuliert. Insgesamt richtet sich die Kritik der "kritischen Theorie" also gegen die Massenkommunikations-Inhalte, ihre Produktions- und Verwertungsbedingungen sowie gegen die produzierenden Medien selbst.

Die kritische Theorie schafft ein NEUES ÖFFENTLICHKEITSVERSTÄNDNIS, das die traditionelle, bürgerliche Öffentlichkeit, d.h. die durch Parteien, Verbände und Institutionen repräsentierte und dominierte pluralistische Öffentlichkeit ablehnt und die proletarische Öffentlichkeit zum unumschränkten Postulat erhebt. Diese proletarische Öffentlichkeit ist nicht von den Herrschenden und Intellektuellen geprägt, sondern trägt als konstitutive Kategorie in sich die echten und wahren Bedürfnisse und Interessen der Massen: die "objektiven Interessen der Massen". Die öffentliche Artikulation dieser Interessen und Bedürfnisse erfolgt durch Selbstorganisation und -artikulation der Massen; übertragen auf die Medien bedeutet dies die aktive Teilnahme der Massen am gesamten Massenkommunikationsprozeß, also an der Produktion, der Distribution und Konsumption der Medieninhalte. Hans Magnus ENZENBERGER hat dafür die aus Brechts erst später so genannten "Radiotheorie" stammende Leitformel geprägt:

"Jeder Empfänger ein potentieller Sender"

Sie bedeutet im wesentlichen:

- die Aufspaltung und Polarisierung der bürgerlichen Öffentlichkeit, um die proletarische Öffentlichkeit voll zur Entfaltung zu bringen

- die Übernahme der massenmedialen Produktionsmittel in die kollektive Verfügungsgewalt der Massen, um individuelle und soziale Erfahrungen der Allgemeinheit zugänglich zu machen

- die Umfunktionierung der massenmedialen Re-Produktions- und Distributionsmittel in Produktions- und Kommunikationsmittel, um in allen Lebensbereichen den Widerspruch der kapitalistisch-industriellen Produktionsweise aufzuzeigen sowie Artikulationsmöglichkeiten der gesellschaftlichen Erfahrungen im Rahmen einer proletarischen Öffentlichkeit zu schaffen.

ENZENSBERGER hat versucht, die von der "kritischen Theorie" infragegestellte, traditionelle, bürgerliche Massenkommunikation der emanzipierten, proletarischen Massenkommunikation in ihren Wesensmerkmalen einander gegenüberzustellen. Er vergleicht repressiven (traditionelle Massenkommunikation) mit emanzipatorischem (proletarischen) Mediengebrauch in folgender Gegenüberstellung:

REPRESSIVER MEDIENGEBRAUCH	*EMANZIPATORISCHER MEDIENGEBRAUCH*
• zentralgesteuertes Programm (d.h. einige wenige machen Programm für die vielen anderen)	• dezentralisierte Programme (d.h. alle sollen für alle Programm machen)
• ein Sender, viele Empfänger (d.h. einige wenige Programmmacher, viele Programmempfänger)	• jeder Empfänger ein potentieller Sender (d.h. viele Programmmacher für viele Programmempfänger)
• Immobilisierung isolierter Individuen (d.h. "Einlullen" der Empfänger)	• Mobilisierung der Massen (d.h. Solidarisierung der Individuen)
• passive Konsumentenhaltung (d.h. inaktive, unkritische Aufnahme durch Leser, Hörer, Seher)	• Interaktion der Teilnehmer (d.h.kritische Rückkoppelung durch selbsttätige Mediengestaltung)

• Entpolitiserungsprozeß (d.h. Zudecken, Ausgleichen und Anpassen kontroversieller Interessen und Disparitäten)	• politischer Lernprozeß (d.h. Bewußtseinsbildung der Massen als proletarische Öffentlichkeit)
• Produktion durch Spezialisten (d.h. high standards - verzerrte, gestaltete, verfälschte und überästhetisierte Wirklichkeitsdarstellung)	• kollektive Produktion (d.h. gemeinsame Produktion und Gestaltung wahrer, objektiver Bedürfnisse und Interessen)
• Kontrolle durch Empfänger und Bürokraten (d.h. Medienproduktionsmittel in Besitz und Verfügungsgewalt einiger weniger)	• gesellschaftliche Kontrolle und Selbstorganisation (d.h. Medienproduktionsmittel im Besitz von allen)

Als frühe kritische Medientheorien sind die "Radiotheorie" (von Bertold BRECHT), die "Film-Theorie" (von Bela BALAZS) und ferner - nicht unmittelbar als Medientheorie - die "Kunsttheorie" (von Walter BENJAMIN) bekannt geworden. Sie besagen im einzelnen folgendes:

Rundfunktheorie (nach Bertold BRECHT): Der Rundfunk soll kein Distributionsapparat sein (also nicht nur Verteiler und Verbreiter von Programmen), sondern ein Kommunikationsapparat; Rundfunk muß aus dem Programmlieferantentum herauswachsen und Verständigungsmittel werden, die Hörer selbst als Lieferanten organisieren und so einen autonomen Produktionsprozeß von Erfahrungen und Bedürfnissen ermöglichen, nicht zuletzt, um die Herrschenden zu entlarven und zu denunzieren.

Filmtheorie (nach Bela BALAZS): Aus der Sicht BALAZS' ist der Film ein neues Organ des Menschen, die Welt zu erleben und Sinnlichkeit emanzipatorisch zu entwickeln, die durch die dem Film immanente Logik und Fantasie der Entfaltung des optischen Denkens gegeben bzw. begünstigt wird. Jeder soll Filme machen, um durch die Darstellung seiner Erfahrungen und Bedürfnisse die objektiven Interessen und Probleme aufzeigen zu können und somit auch eine vom Monopol der herrschenden Klasse unabhängige Massenkultur zu schaffen.

Kunsttheorie (nach Walter BENJAMIN): Die Werte des 'Schöpfertums' und der 'Genialität', der 'Ewigkeit' und des 'Geheimnisses' versteht Bejamin als Begriffe, deren unkontrollierte Anwendung zur Ästhetisierung der Politik und zur Verarbeitung von Tatsachenmaterial im faschistischen Sinne führt. Er fordert daher eine Theorie der 'Kunst des Proletariats', die die Politisierung der Ästhetik verlangt, d.h.: in der Kunst haben die Prinzipien der Originalität des Hier und Jetzt und der absolute Maßstab der Echtheit in der Kunstproduktion zu gelten. Dadurch werde sich Kunst vom parasitären Dasein und Ritual emanzipieren und sich politisch manifestieren.
Die "kritische Medientheorie" postuliert - und das ist ihr zentraler Kern - die Umwandlung der traditionellen, repräsentierten, bürgerlichen Öffentlichkeit in eine spontane Gegenöffentlichkeit. Dazu bedarf es der gesellschaftlichen und politischen Arbeit <u>in</u> und <u>an</u> den bestehenden Medieninstitutionen, -organisationen und -programmen; das bedeutet:

- die schrittweise Vergesellschaftung der Massenkommunikationsmittel
- die Aufhebung der bisherigen Trennung von Hand- und Kopfarbeit sowie von Produzent und Konsument
- die Organisierung von Bedürfnissen und Interessen
- die Vergesellschaftung sämtlicher Bildungsgüter für alle (und nicht etwa nur für eine elitäre Minderheit)
- sowie passiven <u>und</u> aktiven Zugang aller zu den Massenmedien.

Literatur:

ENZENSBERGER,Hans Magnus: Baukasten zu einer Theorie der Medien. In: Prokop,Dieter (Hrsg.): Massenkommunikationsforschung. Bd.2: Konsumption.- Frankfurt am Main: Fischer 1973 (Fischer Taschenbücher 6152), S.420-434.

HABERMAS,Jürgen: Strukturwandel der Öffentlichkeit.- Neuwied, Berlin: Luchterhand 1962.

NEGT,Oskar: Massenmedien - Herrschaftsmittel oder Instrumente der Befreiung? In: Prokop,Dieter (Hrsg.): Kritische Kommunikationsforschung.- München: Hanser-Verlag 1973, S.I-XXVIII.

PROKOP,Dieter: Chancen spontaner Gegenöffentlichkeit - Medienpolitische Alternativen. In: Baacke,Dieter (Hrsg.): Kritische Medientheorien.- München 1974, S.126-158.

4.8. Der (Neo-)Marxistische Ansatz

In Anlehnung an die "kritische Medientheorie" haben marxistisch orientierte Medientheoretiker den (neo-)marxistischen Ansatz weiter entwickelt, der im wesentlichen auch von den grundlegenden gesellschaftlichen Widersprüchen der massenmedialen Produktion, Distribution und Konsumption ausgeht. Deutlicher als in der "kritischen Theorie" werden im marxistischen Denkansatz der Antagonismus zwischen Kapital und Arbeit in der Medienproduktion, der Warencharakter der Medieninhalte sowie die Problematik der Manipulation in der Massenkommunikation aufgezeigt. Ferner spielt hier die historische Bedingtkeit des Phänomens Massenkommunikation eine wichtige Rolle, weil bereits die Entstehung der Massenkommunikation auf die "allseitige Durchsetzung der kapitalistischen Produktionsweise" zurückgeführt wird wie ebenso auf die permanente "Änderung der Umweltbedingungen" (BISKY). Die gesellschaftlichen Widersprüche der massenmedialen Produktion, Distribution und Konsumption werden in diesem Ansatz als historisch begründet und bedingt gesehen.

Der *Widerspruch (Antagonismus) zwischen Kapital und Arbeit* bezieht sich - wie auch in der "kritischen Theorie" - auf die Unterwerfung der Medien-Programm-Produzenten in die Abhängigkeit des Medien-Kapitalgebers, der das Medium besitzt oder bürokratisch über es verfügt. Deutlicher noch als in der "kritischen Theorie" sehen marxistisch orientierte Vertreter des Faches die Prinzipien der kapitalistischen Medienproduktion unter den Zwängen der Gewinnorientierung und der Profitmaximierung (=Anhäufung von Kapital), der u.a. daraus resultierenden Konkurrenzsituation und Medienkonzentration sowie der Tendenz zu Mechanismen der Monopolisierung und Rationalisierung.

Mit *Warencharakter der Medien* bezeichnen die neomarxistischen Fachvertreter den Umstand, daß die Inhalte und Themen der bürgerlichen, kapitalistisch dominierten Massenkommunikation nach Gesichtspunkten der Verkäuflichkeit und Attraktivität und somit der Gewinnmaximierung ausgewählt und gestaltet sind.

Der Vorwurf der *Manipulation* schließlich richtet sich gegen jene Medienprogramme, die (wie z.B. in der Boulevard-Presse) aufgrund ihres scheinbar informativen Gehalts die Massenkommunikationsempfänger von ihren objektiven Interessen und wahren Bedürfnissen ablenken; weiters gegen den Medienkonsum von "Unterhaltungsware" zur Regeneration der Arbeitskraft; ferner auch, vor allem in der Werbung, gegen alle jene Medienprogramme, durch die Bedürfnisse suggeriert und die Massen verblendet werden.

Diesen gegenwärtigen Zustand der Massenkommunikation und insbesondere der Massen-Medien führen, wie bereits erwähnt, die marxistisch-orientierten Vertreter des Faches auf die HISTORISCHEN ENTSTEHUNGSBEDINGUNGEN UND -ENTWICKLUNGEN zurück, in deren gesamtem Verlauf sich die kapitalistische Produktions-, Distributions- und Konsumptionsweise der Massenkommunikation allseitig durchgesetzt habe.

So läßt sich eine marxistische Theorie der Massenkommunikation umschreiben als eine

> *Historisch und dialektisch determinierte Analyse der Massenkommunikation insbesondere unter den Gesichtspunkten des Antagonismus zwischen Kapital und Arbeit in der Medienproduktion, des daraus folgernden Warencharakters der Medienproduktion und Distribution sowie der damit eng in Zusammenhang stehenden Manipulation in der Massenkommunikationskonsumption - und daraus abzuleitenden Konsequenzen für eine proletarisch-emanzipierte Gegenöffentlichkeit, die sich der Errungenschaften der bürgerlichen Medien unter veränderten Herrschaftsstrukturen bedient.*

Eine solche Medientheorie zielt im wesentlichen ab auf die ("demokratische") Umwälzung der herrschenden Verhältnisse im gesamten Massenkommunikationsbereich. Während nun der "kritische Ansatz" zur Erreichung dieses Zieles nur relativ verallgemeinernde und abstrakte Postulate formuliert, versuchen marxistisch orientierte Medienwissenschaftler die Ziele einer solchen neuen Medientheorie in Form einer neuen Kommunikationspolitik zu benennen und eine Langzeitstrategie der "Demokratisierung der Massenmedien" zu entwickeln:

- die Veränderung der massenmedialen Inhalte gegen (!) die Masse, weil sich das kapitalistische Mediensystem in seiner Erscheinungsform und in seinen Inhalten tief ins Bewußtsein der Lohn- und Gehaltsabhängigen eingeprägt hat und die Massen verblendet sind;

- dazu bedarf es der Herstellung einer politischen, proletarischen Öffentlichkeit, um die autoritäre Verfaßtheit des Kapitalismus und damit auch der Massenkommunikationsstrukturen abzubauen;

- die Mitbestimmung in allen Bereichen massenmedialer Produktion (Redaktion, Technik, Verwaltung), um die Medienarbeiter in der Medienprogrammproduktion aus der Unterwerfung in die Abhängigkeit der Kapitalgeber zu befreien und emanzipierte Programme machen zu können (Redakteurs-Statuten, Redaktions- und Betriebsräte-Versammlung, einheitliche Gewerkschaften aller Medienschaffenden);

- die Mitbestimmung der Medienkonsumenten durch Publikums- und Programmbeiräte, Hörer- und Sehervertretungen, um wahre und echte Interessen und Bedürfnisse der Massen in den Medienprogrammen durchzusetzen;
- die totale Kontrolle über die Massenmedien mit dem Ziel,die privatwirtschaftliche Struktur der Massenmedien aufzulösen, private Medienbetriebe zu enteignen, konzentrierte und monopolisierte Medien zu entflechten und zu dezentralisieren und in der Folge umzuwandeln in vergesellschaftete öffentliche Anstalten mit gesamtbetrieblicher Mitbestimmung;
- die Gründung von Anzeigen-und Werbegenossenschaften in Form von Zwangskartellen, um an alle ihnen angegliederten Medienanstalten Anzeigen- und Werbeaufträge gleichmäßig zu verteilen und so Konzentration publizistischer Macht zu verhindern;
- die Politisierung und Solidarisierung der Massen und ihre Befähigung zur publizistischen Emanzipation und journalistischen Kompetenz in der selbsttätigen Medienprogrammgestaltung durch die öffentliche Artikulation objektiver gesellschaftlicher Bedürfnisse und Interessen.

Kritische und marxistische Kommunikationstheoretiker üben auch massive Kritik an der traditionellen, bürgerlichen Massenkommunikationsforschung und ihren Theorien. Die bürgerliche Kommunikationsforschung akzeptiere die Massenmedien als Herrschaftsmittel und den Zustand der Sprachlosigkeit in der gesellschaftlichen Kommunikation. Sie sei administrative, also gelenkte, bürokratisch verordnete Forschung: ihre Erkenntnisse dienten nur der Verwertung durch die Herrschenden für die "Bewußtseinsindustrie". Außerdem gingen die traditionellen Medientheoretiker aus von dem vorgeprägten Dualismus Subjekt - Objekt und dem Auseinanderklaffen von Sein und Sollen. Bürgerliche Medientheorie wird somit als eine Theorie der Herrschenden gesehen.

Dagegen seien die kritischen bzw. materialistischen Auffassungen über die Medien Theorien der Gesellschaft, die der Befreiung der Beherrschten dienen. Demzufolge sehen kritische und marxistische Medientheoretiker die Massenmedien als Instrumente der Befreiung, durch die die Artikulation der wahren und objektiven Interessen der Massen erfolgt. Im Zentrum einer sich so verstehenden Kommunikationsforschung stehen daher nicht die Medien, sondern der gesellschaftliche Zustand der Medien, der Literatur, des Bildungs- und des Ausbildungssystems, der aktuellen Situation des Klassenkampfes; Sein und Sollen klafften nicht auseinander. Wissenschaft im kritischen bzw. marxistischen Verständnis sei einbezogen in Form und Inhalt des proletarischen Lebenszusammenhanges, in welchem sich die Erfahrungen der Massen in spezifischer Weise organisieren würden. Ziel kritischer und marxistischer Kommunikationsforschung sei nicht die DISTRIBUTION massenmedial vermittelter Kommunikationsinhalte, sondern die absolute gesellschaftliche KOMMUNIKATION durch den Austausch von Informationen über die objektiven Interessen und Bedürfnisse der Massen.

Literatur:

BISKY,Lothar: Zur Kritik der bürgerlichen Massenkommunikationsforschung.- Berlin (Ost) 1976.

DRÖGE,Franz: Medien und gesellschaftliches Bewußtsein. In: Baacke,Dieter (Hrsg.): Kritische Medientheorien.- München 1974, S.74-106.

DRÖGE,Franz: Wissen ohne Bewußtsein. Materialien zur Medienanalyse der Bundesrepublik Deutschland. (Unter Mitarbeit von Ilse Modelmog).- Frankfurt:Fischer-Athenäum 1973.

HELD,Karl: Kommunikationsforschung. Wissenschaft oder Ideologie? Materialien zur Kritik einer neuen Wissenschaft.- München: Hanser 1973, S.142-165.

HOFFMANN,Burkhard: Zum Problem der Entwicklung einer materialistischen Medientheorie. In: Aufermann Jörg, Bohrmann Hans und Sülzer Rolf (Hrsg.): Gesellschaftliche Kommunikation und Information.- Frankfurt am Main: Fischer-Athenäum 1973, Bd.1, S.190-206.

HOLZER,Horst: Massenkommunikation und Demokratie. Politökonomische Aspekte. In: Prokop,Dieter (Hrsg.): Massenkommunikationsforschung. Bd.1: Produktion.- Frankfurt am Main: Fischer 1973, S.113-129.

HOLZER,Horst: Kommunikationssoziologie.- Reinbek bei Hamburg: Rowohlt 1973. (rororo-Studium Sozialwissenschaft 39).

KREIMEIER,Klaus: Grundsätzliche Überlegungen zu einer Theorie der Massenmedien. In: Prokop, a.a.O., S.409-422.

5.Forschungstechniken der Publizistikwissenschaft

Ausgehend von einem sozialwissenschaftlich orientierten Selbstverständnis der Publizistik- und Kommunikationswissenschaft wird in diesem letzten Kapitel versucht, jene empirischen Grundforschungstechniken vorzustellen und kurz zu beschreiben, deren sich das Fach bedient, um seine Lehr- und Forschungsfragen aufzuarbeiten. Es sind dies

das Interview
die Aussagen- bzw. Inhaltsanalyse
die Beobachtung
das Experiment

Die beabsichtigte Einschränkung auf die einfache und verständliche Beschreibung dieser vier Forschungstechniken kann zwei an sich wichtige Beiträge nicht leisten: die Reflexion aller jener theoretischen Überlegungen und hypothetischen Annahmen, die den Forschungstechniken zugrunde liegen sowie die Diskussion der weiterentwickelten, verfeinerten mathematisierten Methoden der Statistik, die in jüngster Zeit zu einer deutlichen Anhebung des methodischen Niveaus empirischer Meßverfahren auch in der Publizistikwissenschaft geführt haben.

Die vier hier zu behandelnden empirischen Forschungstechniken sind im Prinzip aus alltäglichen Verfahren, Daten und Informationen über die gesamtgesellschaftliche Umwelt zu sammeln, entwickelt worden. So stellt das wissenschaftliche Interview eine weiterentwickelte, strukturierte Form des Gesprächs zwischen zwei (mitunter - beim Gruppeninterview - mehreren) Personen dar; die Aussagen-bzw. Inhaltsanalyse "beruht auf einer systematischen Lektüre und Analyse von Texten"; die Beobachtung "registriert nach einem vorgegebenen Schema wahrnehmbare Aktionen in natürlichen Situationen"; und das Experiment "beinhaltet geplante und kontrollierte Abläufe in speziell erzeugten Situationen" (Friedrichs/Lüdtke 1971). Gemeinsam ist allen diesen Forschungstechniken

- durch planmäßiges und systematisches Vorgehen
- Daten und Informationen
- über die Vielfalt individueller und sozialer Meinungen und Einstellungen, Handlungen und Verhaltensweisen
- auf möglichst nachprüfbare Weise zu erhalten.

Da wir es im gesamten Bereich der zwischenmenschlichen wie der öffentlichen Kommunikation mit einer nahezu unübersehbaren Vielfalt von Meinungen und Einstellungen, Handlungen und Verhaltensweisen, Beziehungen und Abhängigkeiten sozialer, kultureller, politischer und ökonomischer Natur zu tun haben, eignen sich die empirischen Forschungstechniken auch für die Abklärung vieler Lehr- und Forschungsfragen der Publizistik- und Kommunikationswissenschaft, deren Gegenstand ja zwischenmenschliche wie vor allem öffentliche Kommunikation ist. Freilich finden die einzelnen Forschungstechniken in den verschiedenen Forschungsfeldern (Kommunikator-, Aussagen-, Medien-, Rezipienten-, Wirkungsforschung) je nach abzuklärender Fragestellung unterschiedliche Anwendung. Auch darüber wird in den folgenden Abschnitten referiert.

Literatur:

ATTESLANDER,Peter: Methoden der empirischen Sozialforschung. 2.Aufl.- Berlin: de Gruyter 1971 ("Sammlung Göschen"4229).

CICOUREL,Aaron von: Methode und Messung in der Soziologie.- Frankfurt am Main: Suhrkamp 1970.

FRIEDRICHS,Jürgen: Methoden empirischer Sozialforschung.- Reinbek bei Hamburg: Rowohlt 1973.

FRIEDRICHS,Jürgen; LÜDTKE,Hartmut: Teilnehmende Beobachtung. Zur Grundlegung einer sozialwissenschaftlichen Methode empirischer Feldforschung.- Weinheim/ Berlin/Basel: Beltz 1971.

KÖNIG,Renè (Hrsg.): Handbuch der empirischen Sozialforschung. 3. umgearb. und erw. Auflage. (10 Bde).- Stuttgart 1973 ff.

NOELLE-NEUMANN,Elisabeth; SCHULZ,Winfried (Hrsg.): Publizistik.- Frankfurt am Main: Fischer 1971. (=Fischer-Lexikon 9).

SCHRADER,Achim: Einführung in die empirische Sozialforschung. Ein Leitfaden für die Planung, Durchführung und Bewertung von nicht-experimentellen Forschungsprojekten. - Stuttgart/Berlin/Köln/Mainz: Kohlhammer 1971.

5.1. Das Interview

In der gesamten empirischen Sozialforschung ist das wissenschaftliche Interview in Form der mündlichen oder schriftlichen Befragung das wichtigste und am häufigsten angewandte Forschungsinstrument und Verfahren zur Datensammlung über individuelles und soziales Verhalten und Handeln. Innerhalb der Publizistik- und Kommunikationswissenschaft dient es als Forschungstechnik besonders in den Bereichen der Kommunikator-, der Rezipienten- und Wirkungsforschung. Das Interview kann allgemein beschrieben werden als

> *ein Forschungsinstrument, mit welchem bei planmässigem Vorgehen und wissenschaftlicher Zielsetzung Personen (meist ausgewählt nach statistischen Prinzipien) durch eine Reihe gezielter Fragen oder mitgeteilter Stimuli zu mündlichen oder schriftlichen Auskünften (=verbalen Informationen) veranlaßt werden.*

Diese Beschreibung umfaßt explizit die folgenden wesentlichen Kriterien:

- das wissenschaftliche Interview verlangt planmäßiges Vorgehen, baut auf hypothetischen Annahmen eines Forschers auf
- das Interview hat eine konkrete wissenschaftliche Zielsetzung, nämlich die Abklärung offener Fragestellungen im Rahmen eines Forschungsplanes
- das Interview besteht aus zumeist festgelegten, systematisch geordneten, gezielten Fragen
- mit der Methode des Interviews erhält der Forscher (bzw. Interviewer) verbale Informationen

Während nun die drei erstgenannten Kriterien im Prinzip für jedes methodische Vorgehen (auch bei Inhaltsanalyse, Beobachtung und Experiment) von wissenschaftlicher Bedeutung sind, verweist das letztgenannte Merkmal auf die Leistungsgrenze des Interviews als Forschungstechnik: Mit der Methode der Befragung kann nicht direkt soziales Verhalten erfaßt werden, sondern nur verbalisiertes Sozialverhalten. Die mittels Interview eingeholten Daten und Informationen "sind notwendigerweise subjektiv gefärbt" (ATTESLANDER, 1971).

Wissenschaftliche Interviews können in verschiedenen Formen und in verschiedener Art und Weise durchgeführt werden. Unter den Formen differenziert man zunächst zwischen standardisiertem, halbstandardisiertem und nicht-standardisiertem Interview:

Standardisiertes (auch strukturiertes) Interview
Seine wichtigsten Merkmale sind, daß dieses Interview auf einem Fragebogen basiert, der die Abfolge sowie die Formulierung der Fragen genau festlegt und ganz oder teilweise auch die Antwortmöglichkeiten vorgibt. Für Frager wie auch für Befragten ist somit nur ein minimaler Gesprächsspielraum in Form eines fixierten Frage-Antwort-Schemas vorgegeben.

Standardisierte Interviews haben für den Forscher den Vorteil, daß an Interviewer und Interviewten geringe Anforderungen gestellt werden und Fehlerquoten relativ gering sind; damit steigt, vor allem bei der Auswertung der Fragebögen, die statistische Zuverlässigkeit: Die eingeholten Verbalinformationen und Daten sind aufgrund des vorhandenen Fragen- und Antwortkatalogs leichter auszuwerten und zu messen.

Halb-standardisiertes (auch halb-strukturiertes) Interview
Bei dieser Befragungsform ist der Fragebogen nicht absolut und nicht ausschließlich festgelegt, sondern das halbstandardisierte Interview entspricht einem zwar auch systematisch, aber flexibel aufgebauten Fragenschema, das Rückfragen des Befragten und Zusatzfragen des Interviewers gestattet. Solche Interviews werden auch als 'Leitfadengespräche' bezeichnet.

Das halbstrukturierte Interview hat den Vorteil, daß es durch das flexiblere Frage-Antwort-Schema der alltäglichen Gesprächssituation näher kommt und im Hinblick auf die soziale Wirklichkeit aussagekräftiger werden kann.

Nicht-standardisiertes (auch nicht-strukturiertes) Interview
Hierbei handelt es sich um die freieste Interviewform: Die Abfolge der Fragen ist nicht festgelegt, der Interviewer kann aus der gegebenen Situation heraus Fragen entwickeln und ist nicht an ein (mehr oder weniger) oberflächliches Frage-Antwort-Schema gebunden. Das nicht-standardisierte Interview verlangt allerdings höchste Vertrautheit mit dem zu ergründenden Sachverhalt auf Seiten des Interviewers. Die Antworten sind - aufgrund des fehlenden Fragenkatalogs - schwer meßbar, die Auswertung ist zeitaufwendig.

Die Entscheidung darüber, welche Form des Interviews als Forschungstechnik gewählt wird, hängt wesentlich ab vom Untersuchungsgegenstand, der konkreten Fragestellung des Forschers, von dem zu befragenden Personenkreis, von der Größe dieses Personenkreises, den ökonomischen und organisatorischen Möglichkeiten. Im allgemeinen werden für die Erfassung quantitativer und informativer Daten eher strukturierte und halbstrukturierte Befragungsformen gewählt, für die Gewinnung qualitativer Informationen eher nicht-strukturierte Frageschemata.

Wissenschaftliche Interviews können weiters in verschiedener Art und Weise durchgeführt werden:

Als *mündliches Interview* in der persönlichen Begegnung und in Form einer Beziehung zwischen Frager und Befragtem. Hier unterscheidet man allgemein zwischen weichen, harten und neutralen Interviews.

- Beim weichen Interview nimmt der Interviewer eine zurückhaltende Position ein, verhält sich relativ passiv und "läßt den Befragten weitgehend den Gang des Gesprächs bestimmen" (ATTESLANDER, 1971), um beim Befragten Angstfreiheit und Offenheit in der Beantwortung der Fragen zu garantieren.
- Beim harten Interview dagegen dominiert der Interviewer und stellt seine Fragen äußerst rasch, um den Befragten zu spontanen und richtigen Antworten zu "zwingen".
- Das neutrale Interview ist gekennzeichnet von der sachlichen und unpersönlichen Beziehung zwischen Interviewer und Interviewten.

Bei allen Arten des mündlichen Interviews stellen subjektive Beeinflussungsfaktoren (wie Sympathie, Ablehnung, Verfremdung etc.) sowohl auf Seiten des Interviewers wie auch des Befragten eine potentielle Beeinträchtigung des Interviews und damit eine mehr oder minder große Verfälschung der zu ermittelnden Daten und Informationen dar.

Das *schriftliche Interview* findet entweder in der Art des persönlichen, schriftlichen Interviews oder in Form der postalischen Befragung Anwendung.

- Beim persönlichen schriftlichen Interview füllt der Befragte in Anwesenheit und unter Aufsicht des Interviewers einen Fragebogen aus.
- Bei der postalischen Befragung sendet der Interviewer dem zu Befragenden auf dem Postweg einen Fragebogen zu mit der Bitte, ihn ausgefüllt zurückzusenden.

Das postalische Interview erweist sich in der Anwendung zwar als relativ unkompliziert durchführbar und als sehr forschungsökonomisch, als methodische Mängel dürfen aber die Probleme des Fragebogenrücklaufs (und damit zunächst der statistischen Repräsentativität) sowie der Beantwortung (hat der Befragte tatsächlich allein und persönlich geantwortet oder ist er von Bekannten, Verwandten oder Freunden dabei beeinflußt worden) nicht übersehen werden.

Als weitere Befragungstechniken werden in der empirischen Sozialforschung noch die Sonderformen des Telefon-Interviews, des Gruppeninterviews sowie - vor allem in der Psychologie - des Tiefeninterviews eingesetzt.

Über die auch in der kommerziellen Umfrageforschung häufig angewandte und weiterentwickelte Forschungstechnik des Interviews ist die Methodenlehre (im Vergleich zu anderen Techniken der Sozialforschung) relativ gut entwickelt. In der methodologischen Diskussion über das Interview wird wiederholt auf die folgenden unbedingt zu berücksichtigenden Probleme bei Anlage, Aufbau, Fragebogengestaltung und Durchführung von Interviews verwiesen (hier nach SCHEUCH, 1973):

- auf die *Lehre von der Frage*, und hier im besonderen:
  - die Wahl der Formulierung (Sprache, Verständlichkeit)

- die Eigenschaften verschiedener Frageformen (offene, geschlossene, Alternativfragen u.a.m.)
- besondere Arten von Fragen (Verhaltensfragen, Meinungsfragen, Einleitungs-, Übergangsfragen, direkte, indirekte Fragen etc.)
- Einfluß der Frage auf die Antwort (Suggestivfragen)

- auf die *Lehre vom Fragebogen,* und hier im besonderen:
  - die Stellung von Fragen innerhalb der Fragenfolge
  - der gegenseitige Einfluß benachbarter Fragen
  - die Technik des "Trichterns" (von allgemeinen zu spezifischen Fragen)
  - die Technik des "umgekehrten Trichterns" (von spezifischen zu allgemeinen Fragen)
  - die Bewältigung des Themenwechsels durch den Befragten
  - die Spannungskurve der Aufmerksamkeit des Befragten

- auf die *Lehre vom Interviewen,* und hier im besonderen:
  - Interviewerschulung und -training
  - Modelle des richtigen Interviewerverhaltens (passives, aktives, neutrales Verhalten, Auftreten, Umgangsformen etc.)
  - Fehlerquellen beim Interviewer

- auf die *Lehre vom Befragten,* und hier im besonderen:
  - die Einstellung des Befragten zum Interview (Problem der Verweigerung, der teilweisen Ablehnung etc.)
  - Fehlerquellen beim Befragten (Mißverstehen von Fragen, psychische und physische Verfassung etc.)

- die Problematik "schwieriger" Fragen (heikler, peinlicher, intimer, aufdringlicher Fragen etc.)

Wie bereits eingangs erwähnt, eignet sich die Forschungstechnik des Interviews im Rahmen der Publizistik- und Kommunikationswissenschaft besonders für die Bereiche der Kommunikator-, Rezipienten- und Wirkungsforschung. Das belegt zunächst die Fülle jener vielen Kommunikatorstudien, in denen Journalisten nach ihrem Selbstverständnis, ihren Tätigkeitsbereichen und -merkmalen, ihrer Ausbildung, ihren redaktionellen Beziehungen und Abhängigkeiten, ihrem Leserbild, ihrem sozialen Status u.a.m. befragt wurden. Das verdeutlichen aber auch die vielfältigen Bemühungen von wissenschaftlichen und kommerziellen Forschungsinstituten, die mit Hilfe von Interviews etwa das Mediennutzungsverhalten von Kindern, Jugendlichen und Erwachsenen, die Bedeutung der Medien in der Meinungs- und Einstellungsbildung und Veränderung, im Wählerverhalten oder in der Werbewirkung sowie die Beeinflussung des Verhaltens durch gewaltdarstellende Inhalte der Massenkommunikation zu erfragen versuchen. Eine große Anzahl der in Kapitel 2.2.1 und 2.2.4 genannten Lehr- und Forschungsfragen werden mit Hilfe von Interviews zu ergründen versucht.

Literatur:

ATTESLANDER,Peter: Methoden der empirischen Sozialforschung. 2.Aufl.- Berlin: de Gruyter 1971 (=Sammlung Göschen 4229).

KARMASIN,Fritz; KARMASIN,Helene: Einführung in Methoden und Probleme der Umfrageforschung.- Wien/Köln/Graz: Böhlau 1977. (Böhlaus wissenschaftliche Bibliothek).

NOELLE-NEUMANN,Elisabeth: Umfragen in der Massengesellschaft.- Reinbek bei Hamburg: Rowohlt 1963.

SCHEUCH,Erwin K.: Das Interview in der Sozialforschung. In: König,René (Hrsg.): Handbuch der empirischen Sozialforschung. 3.umgearbeitete und erweiterte Auflage.Bd.2.- Stuttgart: Enke 1973, S.66-190.

5.2. Die Aussagen-/Inhaltsanalyse

Eine zweite, in den Sozialwissenschaften häufig angewendete Methode zur Gewinnung von empirischen Daten vor allem über Meinungen und Einstellungen, über Form und Gehalt publizistischer Aussagen in Presse und Rundfunk ist die Forschungstechnik der Aussagen-/Inhaltsanalyse. Man kann mit Recht darauf verweisen, daß diese Technik maßgeblich im Zuge der Erforschung der Inhalte der Massenmedien entwickelt worden ist (NOELLE, 1971) und vor allem in den publizistikwissenschaftlichen Bereichen der Aussagen- und Medienforschung Anwendung findet.

In der vielzitierten Begriffsbestimmung von Bernard BERELSON (1952) wird die Inhaltsanalyse so definiert:

> *Die Inhaltsanalyse ist eine Forschungstechnik zur objektiven, systematischen und quantitativen Beschreibung des manifesten Inhalts von Kommunikation.*

Diese Definition beinhaltet die folgenden wesentlichen Kriterien der (quantitativen) Inhaltsanalyse

- Das Kriterium der Objektivität, mit dem die explizite und unmißverständliche Definition der Kategorien gemeint ist, nach denen das zu analysierende Untersuchungsmaterial verschlüsselt und gezählt oder gemessen wird.
- Das Kriterium der Systematik, d.h. das Postulat nach einer präzisen Formulierung der Untersuchungsaufgabe sowie nach der Erstellung eines Forschungsplanes, der den Ablauf der Untersuchung genau fixiert.
- Das Kriterium der quantitativen Beschreibung des manifesten Inhalts meint die Erfassung und Messung des offenbar vordergründigen Inhalts, der durch die Kategorien genau aufgeschlüsselt und beschrieben (=operational definiert) sein muß.

Im Laufe der Anwendung der Inhaltsanalyse sind die beiden folgenden Analyse-Formen entwickelt worden: die quantifizierende und die qualifizierende Inhaltsanalyse.

Die quantifizierende Inhaltsanalyse

Mit dieser Forschungstechnik untersucht man den (vordergründig) manifesten Inhalt, also das, was tatsächlich an "Text" aufscheint. Der zu untersuchende Inhalt (z.B. einer Zeitung oder eines Zeitungsteils) wird anhand eines zuvor eigens dafür entwickelten und vorgetesteten Kategorienschemas analysiert, indem die Textteile gegeneinander abgegrenzt und den Kategorien zugeordnet werden. Man erfaßt mit Hilfe der quantitativen Inhaltsanalyse somit primär die Häufigkeitsverteilung von bestimmten Text- bzw. Aussageteilen und -formen. (Als Beispiel einer quantitativen Inhaltsanalyse kann hier beispielsweise die einfache Beschreibung, Ausmessung und Zählung von Medieninhalten und ihrer Ressortverteilung sowie ihres Anteils am Gesamtumfang einer Zeitung oder einer Nachrichtensendung genannt werden).

Die qualifizierte Inhaltsanalyse

Mit dieser Forschungstechnik geht man über die quantitative Erfassung des manifesten Inhalts hinaus und versucht, Einstellungen im Text der Aussagen von Massenmedien (BESSLER, 1971) sowie Sinn- und Bedeutungsstrukturen eines Textes, einer Aussage zu erfassen, auch zu analysieren, was "zwischen den Zeilen steht" (RITSERT, 1972).

Die qualitative Inhaltsanalyse fragt somit im besonderen nach "versteckten", latenten Aussagen in publizistisch vermittelten Inhalten ("Latenz"), nach dem Sinnzusammenhang der Aussagen und Aussageteile ("Kontext"), nach auffallend vereinzelt auftretenden ("Singularität") sowie nach häufig vorfindbaren Aussageinhalten ("Präsenz") immer unter dem Aspekt, daß Sätze, Satzteile, Worte, Themen und Motive von Aussagen in einem Zusammenhang stehen (RITSERT, 1972).

Wegen der in der qualitativen Inhaltsanalyse notwendigerweise vorzunehmenden Wertungen und Be-Wertungen von Aussagen bzw. Aussageanteilen, -themen und -motiven ist diese Forschungstechnik - vor allem im Hinblick auf die zuverlässige Beschreibung der einzelnen Analysekategorien, der "operationalen Definitionen" - relativ schwierig durchführbar.

Die Grenzen zwischen quantitativen und qualitativen Inhaltsanalysen verlaufen oft fließend. Allgemein differenziert man bei der Inhaltsanalyse zwischen folgenden vier Analyse-Ansätzen:

- Frequenzanalysen: Sie versuchen, "die Häufung (Häufigkeit) von Textelementen unter den Kategorien eines analytischen Schemas" (RITSERT, 1972) festzustellen.
- Kontingenzanalysen: Sie untersuchen, wie oft sprachliche Elemente, Themen und Motive etc. in Verbindung mit anderen Elementen aufscheinen.
- Valenzanalysen: Sie untersuchen Texte anhand von "polaren" (d.h. wertig einander entgegengesetzten) Kategorienpaaren.
- Intensitätsanalysen: Sie versuchen, das zu analysierende Textmaterial nach Einstellungsskalen verläßlich zu bewerten.

In der methodologischen Reflexion über die inhaltsanalytische Forschungstechnik werden die folgenden Probleme diskutiert, die bei Anlage, Aufbau, Durchführung und Auswertung von entsprechenden Studien mitunter schwierig zu lösen sind:

Das Problem der *Dimensionierung*, d.h. die Festlegung aller jener Fragestellungen, Hypothesen, Variablen und Begründungszusammenhänge, nach denen der zu analysierende Inhalt (Text) untersucht werden soll.

Das Problem der *Kategorienbildung*, d.h. der Erstellung eines Analyseschemas, das die Inhalts- bzw. Textteile systematisch ordnet und trennscharf gegeneinander abgrenzt. Die Kategorien müssen die Zwecke der Untersuchung wiederspiegeln, das Analysematerial erschöpfend umfassen und sich wechselseitig ausschließen, um die Textelemente eindeutig den Kategorien zuordnen zu können.

Das Problem der *operationalen Definition*, d.h. der genauen, unmißverständlichen Beschreibung der Variablen und Kategorien. Die operationalen Definitionen sind für die Erhebungsarbeiten durch die Kodierer, die die Aussageteile den Kategorien zuordnen müssen, von besonderer Wichtigkeit.

Das Problem der *Koderübereinstimmung*, d.h. der Vertrautheit der Kodierer mit Methode, Kategorienschema und operationalen Definitionen, um einen höchsten Grad an Übereinstimmung bei der Erhebung des Untersuchungsmaterials und seiner eindeutigen Zuordnung zu den Kategorien zu erreichen.

Alle die hier genannten Kriterien der Dimensionierung, der Kategorienbildung, der operationalen Definitionen und der Koderübereinstimmung sind für die Verläßlichkeit des Forschungsinstruments und die Gültigkeit der Ergebnisse von eminenter Bedeutung.
Mit *Verläßlichkeit* ("Reliabilität") bezeichnet man allgemein die Fähigkeit einer Forschungstechnik - in unserem Falle der Inhaltsanalyse - unter gleichen Zuordnungsbedingungen auf das gleiche Untersuchungsmaterial ein identisches Untersuchungsergebnis hervorzubringen. Für die Inhaltsanalyse, die quantitative wie die qualitative, heißt das:

- die wiederholte Anwendung eines Kategorienschemas (das der Analyse von Inhalten dient)
- auf dasselbe Untersuchungsmaterial (Text)
- unter identischen Analysevoraussetzungen und - bedingungen

- muß zu einer genauen Wiederholung der Untersuchungsergebnisse führen.

Die Verläßlichkeit der Forschungstechnik der Inhaltsanalyse ist somit wesentlich abhängig von

- der Komplexität des Untersuchungsmaterials
- der Genauigkeit der Kategoriendefinition
- dem Erklärungsgrad der Zuordnungsregeln
- der Urteilsfähigkeit und Ausbildung der Kodierer

Verläßlichkeit ist - übrigens bei der Anwendung jeder empirischen Forschungstechnik - ein Problem der Exaktheit instrumenteller Bestimmungen einerseits und der Urteilsfähigkeit der Kodierer andererseits.

Mit *Gültigkeit* ("Validität") ist der Anspruch einer Forschungstechnik gemeint, das zu messen oder zu erfassen, was gemessen oder erfaßt werden soll. Die Gültigkeit der Ergebnisse von Inhaltsanalysen hängt ab

- von der Qualität des theoreitischen Rahmens, der einer je konkreten Untersuchung zugrunde liegt
- von der Präzision von Dimensionierung und Kategorisierung
- von der Klarheit der Zuordnungsregeln
- und von der Verläßlichkeit der Kodierungen

Hohe Verläßlichkeit und Gültigkeit eines Forschungsinstruments können erreicht werden durch sogenannte Vortests, also durch die probeweise Voranwendung einer Methode (z.B. eines Kategorienschemas) auf das Untersuchungsmaterial und daraus abgeleiteter Korrekturen der Analysestrategie und -technik durch Revision, Änderung, Ergänzung und Umarbeitung des Kategorienschemas, der operationalen Definition, der Dimensionierung usw.

Die Fülle bisher durchgeführter Inhaltsanalysen in der Publizistikwissenschaft reicht von einfachen Beschreibungen von Text- und Programmstrukturen bis hin zu hochentwickelten Sprachanalysen und komplizierten Bild-Text-Untersuchungen. In der Publizistikwissenschaft von besonderem Interesse , jedoch forschungstechnisch relativ schwierig zu bewältigen, ist die Messung von Einstellungen (der Kommunikatoren) im Text der Aussagen von Massenmedien.

NOELLE-NEUMANN und SCHULZ (1971) unterscheiden - ungeachtet der Differenzierung in qualitative und quantitative Inhaltsanalyse - zwischen vier Analyseansätzen, mit denen über je verschiedene Faktoren im Kommunikationsprozeß Aufschluß erlangt werden soll, und zwar zwischen deskriptivem, diagnostischem, reflektorischem und prognostischem Ansatz.
Deskriptive Inhaltsanalysen begnügen sich mit der formalen und kategorialen Beschreibung (Deskription) von Medieninhalten und Programmstrukturen (quantitative Analyse; Bereich Aussage und Medium).
Diagnostische Inhaltsanalysen versuchen auf Einstellungen und Intentionen des Kommunikators zu schließen, die vielleicht im Text nicht vordergründig aufscheinen (=qualitative Analyse; Bereich Aussage und Kommunikator).
Reflektorische Analysen versuchen, von der Aussage auf eventuelle Bedürfnisse beim Rezipienten zu schließen (teils quantitative, teils qualitative Analyse; Bereich Aussage und Rezipient).
Prognostische Analysen versuchen, auf potentielle Wirkung des Inhalts publizistischer Aussagen beim Rezipienten zu schließen (teils quantitative, teils qualitative Analyse; Bereich Aussage und Rezipient/Wirkung).

Literatur:

BERELSON,Bernard: Content Analysis in Communication Research. (Facs. of 1952 ed.).- New York: Hafner Publishing Comp. 1971.

BESSLER,Hansjörg: Aussagenanalyse. Die Messung von Einstellungen im Text der Aussagen von Massenmedien.- (Bielefeld: Bertelsmann 1970 (=Gesellschaft und Kommunikation 4).

KRACAUER,Siegfried: The Challenge of Qualitative Content Analysis. In: "Public Opinion Quarterley 16:1952, Heft 4, pp 631-642.

LISCH,Ralf; KRIZ,Jürgen: Grundlagen und Modelle der Inhaltsanalyse. Bestandsaufnahme und Kritik.- Reinbek bei Hamburg: Rowohlt 1978.

NOELLE-NEUMANN,Elisabeth; SCHULZ,Winfried: Publizistik. - Frankfurt am Main: Fischer 1971 (=Fischer Lexikon 9), besonders der Abschnitt "Methoden der Publizistikwissenschaft ").

RITSERT,Jürgen: Inhaltsanalyse und Ideologiekritik. Ein Versuch über kritische Sozialforschung.- Frankfurt am Main: Athenäum 1972 (FAT Sozialwissenschaften).

SKAUN,Wolf; TIEDKE,Wolfgang: Methodische Erfordernisse bei der Durchführung von Inhaltsanalysen journalistischer Produkte. In: "Theorie und Praxis des sozialistischen Journalismus". Wiss.Hefte der Sektion Journalistik an der Karl-Marx-Universität Leipzig. Heft 4, S.43-50.

WERSIG,Gernot: Inhaltsanalyse. Einführung in ihre Systematik und Literatur. 3.Aufl.- Berlin: Spiess 1974 (Erstauflage 1968) (=Schriften zur Publizistikwissenschaft 5).

5.3. Die Beobachtung

Eine weitere empirische Methode stellt die Forschungstechnik der wissenschaftlichen Beobachtung (im Gegensatz zur gewöhnlichen, naiven Beobachtung) dar. Sie findet in der Psychologie häufig Anwendung, ist aber in anderen sozialwissenschaftlichen Fächern wie etwa der Soziologie ein weniger angewandtes Forschungsinstrument, um individuelles oder soziales Verhalten zu ergründen. Auch in der Publizistik- und Kommunikationswissenschaft wird die Beobachtung selten als Forschungstechnik verwendet, am ehesten noch im Bereich der Kommunikator- und Rezipientenforschung.

In der empirischen Sozialforschung läßt sich die Beobachtung umschreiben als:

> *Eine Forschungstechnik, mit deren Hilfe individuelles oder soziales Handeln und Verhalten in natürlichen oder künstlich erzeugten Situationen planmäßig zu erfassen versucht wird, wobei der Forscher (der Beobachter) dem Untersuchungsobjekt gegenüber eine passiv-rezeptive Haltung einnimmt.*

Diese Definition enthält die folgenden, für die wissenschaftliche Beobachtung wesentlichen Kriterien:

- Mit der Methode der Beobachtung wird soziales Verhalten direkt und zu jenem Zeitpunkt zu erforschen versucht, in dem es stattfindet (und nicht etwa wie mit dem Interview nur das verbalisierte Sozialverhalten).
- Wissenschaftliches Beobachten verlangt planmäßiges Vorgehen; dazu wird ein systematisch zu erarbeitendes, umfassendes Beobachtungsschema verwendet.
- Bei der wissenschaftlichen Beobachtung verhält sich der Forscher passiv-reziptiv: er verzichtet darauf, durch verbale Reize (wie etwa beim Interview) oder durch andere Reize beabsichtigte Reaktionen hervorzurufen.

In der Methodenlehre wird zwischen verschiedenen Beobachtungsformen unterschieden; zunächst in der Differenzierung nach mehr oder weniger systematischem Vorgehen des Beobachters:

Strukturierte Beobachtung: Das ist eine Beobachtungstechnik, bei der das zu untersuchende Individual- und/oder Sozialverhalten (von Einzelpersonen, Gruppen, Teams etc.) mittels eines exakt ausgearbeiteten und vorgetesteten Beobachtungsplanes zu erfassen versucht wird. Im Beobachtungsplan müssen die Beobachtungskategorien (ähnlich wie bei einem strukturierten Fragebogen oder einem Erhebungsschema für Inhaltsanalysen), die Beobachtungseinheiten (z.B. Interaktionen), die Beobachtungs(zeit)intervalle sowie die Hilfsmittel zur Aufzeichnung der Beobachtungen exakt festgelegt sein. Diese Form setzt beim Forscher die genaue Kenntnis der zu beobachtenden sozialen Situation voraus (die er zuvor beispielsweise durch unstrukturierte Beobachtungen ermittelt haben kann).

Unstrukturierte Beobachtung: Das ist eine Beobachtungstechnik, bei der die zu untersuchende soziale Situation zwar auch mittels eines Beobachtungsplanes zu erfassen versucht wird, als analytischer Rahmen dienen aber "mehr oder weniger allgemeine Richtlinien, d.h. große Hauptkategorien", die vorgegeben werden. "Innerhalb dieses Rahmens hat der Forscher für seine Beobachtungen freien Spielraum" (ATTESLANDER, 1971).

Somit dient die unstrukturierte Beobachtung mehr der Hypothesenfindung und der Gewinnung quantitativer Daten über soziales Verhalten sowie der Hypothesenüberprüfung (also der Bestätigung oder Verwerfung).
Eine weitere Unterscheidung von Beobachtungstechniken wird vorgenommen nach der Stellung des Beobachters zum Gegenstand der Beobachtung bzw. nach dem Grad der Anteilnahme an der zu beobachtenden Situation:

Aktiv-teilnehmende Beobachtung: Bei dieser Form einer wissenschaftlichen (strukturierten oder unstrukturierten) Beobachtung befindet sich der Forscher (Beobachter) innerhalb der zu beobachtenden Gruppe und nimmt an ihren Interaktionen auch teil.

Passiv-teilnehmende Beobachtung: Hierbei mengt sich der Beobachter zwar unter die Gruppe der zu Beobachtenden, nimmt jedoch an ihren Interaktionen nicht teil.

In einer weiteren Unterscheidung differenziert man schließlich zwischen "offener" und "verdeckter" Beobachtung:

von *offener Beobachtung* spricht man, wenn der beobachteten Gruppe bekannt ist, daß sie Gegenstand einer Beobachtung ist und den Beobachter auch kennt.

Dagegen ist bei einer *verdeckten Beobachtung* der beobachteten Gruppe nicht bekannt, daß sie beobachtet wird, und sie kennt den Beobachter auch nicht.

Die drei hier dargestellten Differenzierungspaare schließen einander nicht aus sondern sind in der Beobachtungspraxis je nach Aufgabenstellung und Untersuchungsgegenstand sowie Untersuchungssituation entsprechend zu kombinieren: so etwa als strukturierte Beobachtung bei aktiver Teilnahme des Beobachters in offener Form oder als strukturierte Beobachtung bei passiver Teilnahme in verdeckter Form.
In der methodologischen Reflexion über die Forschungstechniken der Beobachtung werden u.a. folgende Probleme diskutiert:

- Das Problem der *Leistungsgrenze der Beobachtung:* Jedes beobachtete Verhalten wird durch in der Beobachtungssituation wirkende Faktoren ausgelöst (MAYNTZ, 1967). Es stellt sich somit die Frage, ob - wie die systematische Beobachtung verlangt - die vom Forscher festgelegten Beobachtungskategorien tatsächlich die Komplexität der jeweiligen Beobachtungssituation erschöpfend erfassen.

- Damit in Zusammenhang zu sehen ist nicht nur das Problem der kategorialen Erfassung möglichst aller beobachtbaren Handlungen, Verhaltensweisen, Interaktionen etc. sondern auch deren *instrumentelle Bewältigung* mit Hilfe eines analytischen Schemas, also einer Art

Protokollbogen, in welchem genau angegeben ist, was zu beobachten und wie das Beobachtete festzuhalten ist: "die Beobachtungseinheiten, die Beobachtungsitems und die Beobachtungskategorien" (FRIEDRICHS, 1973). Die Probleme liegen hier im besonderen in der Anlage des Beobachtungsinstruments (z.B. eines "Interaktiogramms") und der Genauigkeit der Aufzeichnung durch den Beobachter.

- Das Problem des *Einflusses des Beobachters* auf die Beobachteten während der Beobachtung bei hohem Partizipationsgrad des Beobachters sowie auch der für den Beobachter unbedingt erforderlichen Distanz zu den Beobachtungsobjekten und zur Beobachtungssituation (KÖNIG,1973). Dies gilt vor allem bei aktiver Teilnahme des Beobachters an den Interaktionen der zu beobachtenden Gruppe.

- Das Problem *abweichenden Verhaltens* der Beobachteten aufgrund der Tatsache, beobachtet zu werden - vor allem in der offenen Beobachtung.

- Schließlich das Problem, wie *Zufallskonstellationen* (also nicht vorhersehbare, die Beobachtungssituation beeinflussende Faktoren) aufgedeckt, erkannt und im Zeitpunkt der Erhebung bewältigt werden können.

Wie bereits eingangs erwähnt, liegt der besondere Vorteil der Methode der Beobachtung darin, soziales Verhalten direkt und unmittelbar (zum Zeitpunkt, da es stattfindet) zu erfassen. Sie hat in der Publizistikwissenschaft bisher - etwa im Vergleich zum Interview oder zur Inhaltsanalyse - eher selten Anwendung gefunden und ist durch das Fach auch nicht weiterentwickelt worden. Bekannt geworden sind vor allem jene Kommunikatorstudien, in denen versucht wird, mit Hilfe dieser Methode die Organisation von Zeitungs- und Rundfunkredaktionen, redaktionelle Tätigkeitsmerkmale und Entscheidungsabläufe, Interaktionen zwischen den handelnden Redakteuren etc. zu erforschen (RÜHL,1969; DYGUTSCH-LORENZ,1971). In der Rezipienten- bzw. Wirkungsforschung bietet sich die Forschungstechnik dafür an, das Verhalten etwa von Kinobesuchern nach dem Konsum gewaltdarstellender Medieninhalte zu beobachten, um so potentielle Auswirkungen zu erforschen. Besonders bewährt sich die Beobachtung in den Bereichen der Organisationsforschung generell.

Literatur:

DYGUTSCH-LORENZ,Ilse: Die Rundfunkanstalt als Organisationsproblem. Ausgewählte Organisationseinheiten in Beschreibung und Analyse.- Düsseldorf: Bertelsmann 1971 (=Gesellschaft und Kommunikation 8).

FRIEDRICHS,Jürgen: Methoden empirischer Sozialforschung.- Reinbek bei Hamburg: Rowohlt 1973, S.269-314.

FRIEDRICHS,Jürgen; LÜDTKE,Kartmut: Teilnehmende Beobachtung. Zur Grundlegung einer sozialwissenschaftlichen Methode empirischer Feldforschung.- Weinheim/Berlin/Basel: Beltz 1971. (=Pädagogisches Zentrum, Veröffentlichungen. Reihe E: Untersuchungen Bd.II).

KÖNIG,Renè: Die Beobachtung. In: König,Renè (Hrsg.): Handbuch der empirischen Sozialforschung. 3.umgearbeitete und erweiterte Auflage. Bd.2.- Stuttgart: Enke 1973, S.1-65.

MAYNTZ,Renate; HOLM,Kurt; HÜBNER,Peter: Einführung in die Methoden der empirischen Soziologie,- Köln/Opladen: Westdeutscher Verlag 1969, S.87-102.

RÜHL,Manfred: Die Zeitungsredaktion als organisiertes soziales System.- Bielefeld: Bertelsmann 1969 (=Gesellschaft und Kommunikation 1).

SCHEUCH,Erwin K.: Beobachtung. In: König,Renè (Hrsg.): Soziologie. Umgearbeitete und erweiterte Neuausgabe.- Frankfurt am Main: Fischer 1967. (=Fischer Lexikon), S.209-212.

5.4. Das Experiment

Eine weitere in den Sozialwissenschaften angewandte Methode ist die Forschungstechnik des Experiments. "Experimentelle Verfahren sind ein zentraler Bestandteil der psychologischen und sozialpsychologischen Forschung, sehr selten hingegen einer der Soziologie" (FRIEDRICHS, 1973). Wie die Technik der Beobachtung findet auch das Experiment in der Publizistik- und Kommunikationswissenschaft eher selten Anwendung und wenn, dann primär in der Rezipienten- und Wirkungsforschung. In den Sozialwissenschaften kann man das Experiment umschreiben als

> *Spezielles wissenschaftliches Verfahren, mit dem versucht wird, individuelles und/oder soziales Denken oder Handeln in kontrastierenden Situationen aufgrund der gezielten Einwirkung eines besonderen Faktors zu überprüfen.*

Dieser Beschreibungsversuch beinhaltet die folgenden wesentlichen Kriterien:

- Das Experiment wird in kontrastierenden Situationen, also unter ungleichen Feld- bzw. Gruppenbedingungen durchgeführt.
- Die kontrastierenden Situationen werden geschaffen durch die gezielte Einwirkung eines Faktors, also einer geistigen, physischen oder psychischen "Manipulation" auf den Untersuchungsgegenstand.
- Die Wahl dieses Faktors erfolgt aufgrund der Annahme einer Kausalhypothese, die überprüft werden soll.
- Mit der Methode des Experiments können nicht etwa nur soziale Verhaltensweisen und Handlungen analysiert, sondern auch Meinungen und Einstellungen überprüft werden.

Wesentliches Kriterium des Experiments ist somit, daß die Untersuchungssituation (im Sozialumfeld etwa oder in der Gruppe) durch einen gezielt einwirkenden Faktor künstlich geschaffen wird. Dieser Faktor richtet sich in jedem Fall nach der oder den zu überprüfenden Hypothesen. Der Sozialwissenschaftler, der experimentell forscht, hat folgende Aufgaben zu lösen (NOELLE, 1965):

- Er muß eine Situation schaffen, in der der Faktor, den er untersuchen will, wirken kann.
- Er muß Vorkehrungen treffen, um jene Wirkungen, die er mit dem Experiment hervorruft, messen zu können.
- Er muß kontrollieren, daß sich die auftretenden Wirkungen tatsächlich auf den eingeführten Faktor zurückführen lassen.

Forschungstechnisch läßt sich ein wissenschaftliches Experiment wie folgt in die Praxis umsetzen:

1) Der Forscher bildet z.B. zwei einander in Größe, Zusammensetzung etc. so vollständig wie möglich gleichende Personengruppen: eine Experimentiergruppe und eine Kontrollgruppe.
2) Er mißt die "Zustände" beider Gruppen (im Hinblick auf seine konkrete Forschungsfrage), bevor er einen Faktor wirken läßt.
3) Er läßt den experimentellen Faktor auf die Experimentiergruppe einwirken, nicht jedoch auf die Kontrollgruppe.
4) Er mißt die "Zustände" beider Gruppen, nachdem der Faktor (auf die Experimentiergruppe) eingewirkt hat.
5) Er stellt eine Veränderung des Zustandes der Experimentiergruppe und somit fest, daß der Faktor gewirkt hat - oder nicht.

In der Methodenlehre wird allgemein zwischen zwei Arten des Experiments unterschieden:
Das Feldexperiment: Im Feldexperiment werden eine Experimentiergruppe und eine Kontrollgruppe in einer künstlich durch Faktoreneinwirkung hergestellten Situation daraufhin beobachtet, ob ein gezielt eingeführter Faktor die ihm zugeschriebene Wirkung hat. Der Untersuchungsgegenstand (z.B. zwei Gruppen) wird dabei nicht aus seiner natürlichen Situation herausgelöst sondern bleibt im Sozialumfeld.

Das Laboratoriumsexperiment: Bei diesem Experiment werden eine Experimentier- und eine Kontrollgruppe in einer künstlich hergestellten Situation daraufhin beobachtet, ob ein gezielt einwirkender Faktor die ihm zugeschriebene Wirkung hat. Der Untersuchungsgegenstand (z.B. zwei Personengruppen) wird dabei aus seiner natürlichen Umgebung herausgelöst und in eine künstliche Situation gebracht, das Experiment wird unter planmäßig veränderten, meist vereinfachten Bedingungen durchgeführt. Die Künstlichkeit der (Labor-)Situation soll sicherstellen, daß kein anderer Faktor als der gezielt eingeführte wirkt.

Eine weitere Differenzierung kann erfolgen im Hinblick auf die Ausgangsposition für das Experiment; hier unterscheidet man zwischen "projektiertem" und "Ex-post-facto-Experiment":

a) Beim *projektierten Experiment* plant der Forscher die Versuchsanordnung selbst, d.h. er kontrolliert selbst den gesamten Ablauf des Experiments.

b) Beim *Ex-post-facto-Experiment* wird ein bereits abgeschlossener sozialer Vorgang zurückverfolgt bis zum Einsetzen eines als kausal angenommenen Komplexes von Faktoren, der Forscher versucht also, von einer bereits gegebenen Situation zurückzuschließen auf die Ursache (den Faktor), die (der) zur Situation geführt hat. Der Experimental-Charakter dieses Verfahrens ist allerdings umstritten.

In der methodologischen Diskussion über experimentelle Forschungstechniken wird u.a. den folgenden Problemen besondere Aufmerksamkeit gewidmet:

- Dem Problem der *Künstlichkeit der Experimentalsituation:* diese Künstlichkeit vor allem in der Laboratoriumssituation macht fraglich, ob die Resultate von Experimenten verallgemeinert werden können.

- Dem Problem der *Komplexität der sozialen Realität:* Besonders das Feldexperiment ist anfällig für potentiell einwirkende Störeinflüsse, die u.U. nicht oder nicht rechtzeitig erkannt werden und somit zu verzerrten Ergebnissen führen.

- Dem Problem der *Faktorwirkungskontrolle,* also ob sich die festgestellte Wirkung tatsächlich auf den gezielt eingeführten Faktor zurückführen läßt und nicht durch (unerkannte oder unbeabsichtigte) Störfaktoren beeinflußt, d.h. verzerrt wird.

- Gegenüber anderen sozialwissenschaftlichen Forschungstechniken wird beim Experiment als Vorteil angesehen, daß es - vor allem im Labor - erlaubt, die notwendigen und beabsichtigten experimentellen Situationsbedingungen relativ gut gestalten und kontrollieren zu können.

Experimente, im besonderen Labor-Experimente "sind bislang eine Domäne der psychologischen und sozialpsychologischen Forschung: Denk- und Wahrnehmungspsychologie, Prozesse interpersoneller Wahrnehmung, Entscheidungstheorie, Aggressionsforschung, lerntheoretische Forschungen oder Probleme der kognitiven Dissonanz sind fast ausschließlich in Laborexperimenten untersucht worden" (FRIEDRICHS,1973).

In der Publizistik- und Kommunikationswissenschaft werden experimentelle Verfahren,deren Anwendung bis zu den Anfängen der anglo-amerikanischen Kommunikationsforschung zurückreicht, am ehesten in der Rezipienten- und Wirkungsforschung eingesetzt, z.B. in Untersuchungen über die Wirkung von Information auf Einstellungen (wie politische Propaganda und Wählerverhalten, Wirkung von Werbung auf das Kaufverhalten etc.) Dabei hat man die Erfahrung gemacht, daß die Wirkung massenmedialer Einflüsse in Labor-Experimenten stark, in natürlicher Umgebung - also im Sozialumfeld - eher schwach war. Experimentelle Verfahren können ebenso in der Erforschung der Wirkung gewaltdarstellender Medieninhalte auf das Individual- und Sozialverhalten angewendet werden.

Literatur:

ATTESLANDER,Peter: Methoden der empirischen Sozialforschung.- Berlin: de Gruyter 1971 (besonders das Kapitel V: Experiment S.155-184).

CICOUREL,Aaron von: Methode und Messung in der Soziologie.- Frankfurt am Main: Suhrkamp 1970 (besonders Abschnitt VII, Experimentelle Modelle in der Soziologie, S.222-242).

FRIEDRICHS,Jürgen: Methoden empirischer Sozialforschung. - Reinbek bei Hamburg: Rowohlt 1973 (besonders Kapitel 5.11.: Experiment, S.333-352).

MAYNTZ,Renate; HOLM,Kurt; HÜBNER,Peter: Einführung in die Methoden der empirischen Soziologie.- Köln/Opladen: Westdeutscher Verlag 1969. (besonders Kapitel 9: Experimentelle Verfahren, S.168-189).

NOELLE-NEUMANN,Elisabeth: Die Rolle des Experiments in der Publizistikwissenschaft. In: "Publizistik" 10.Jg. 1965, S.239-250.

NOELLE-NEUMANN,Elisabeth; SCHULZ,Winfried (Hrsg.): Publizistik. Frankfurt am Main: Fischer 1971 (Fischer Lexikon 9), besonders Abschnitt "Methoden" und "Wirkungen".

SCHEUCH,Erwin K.: Experiment. In: König,Renè (Hrsg.): Soziologie. Umgearbeitete und erweiterte Neuausgabe.- Frankfurt am Main: Fischer 1967, S.212-213.

5.5. Zusammenfassung

Um einen zusammenfassenden Überblick zu geben, werden die vier abgehandelten Grundforschungstechniken im Hinblick auf ihre Leistungsfähigkeit sowie hinsichtlich ihrer Anwendung in den verschiedenen Lehr- und Forschungsbereichen der Publizistik- und Kommunikationswissenschaft synoptisch dargestellt:

Forschungstechnik	Leistungsfähigkeit: Erfassung von	primäre Anwendung in der Publizistikwissenschaft
INTERVIEW	- verbalisierten Meinungen Einstellungen Handlungs- Verhaltensweisen	Kommunikatorforschung Rezipientenforschung Wirkungsforschung
INHALTSANALYSE	- Form und Inhalt von publizistischen Aussagen - Einstellungen in publizistischen Aussagen - Sprachanalysen publizistischer Aussagen	Aussagenforschung Medienforschung Kommunikatorforschung
BEOBACHTUNG	- unmittelbarem Individual- und Sozialverhalten und -handeln in natürlichen und künstlichen Situationen - Organisationsforschung	Kommunikatorforschung Rezipientenforschung Wirkungsforschung
EXPERIMENT	- "manipuliertem" Individual- und Sozialverhalten in natürlichen und künstlichen Situationen ("Feld", "Labor")	Rezipientenforschung Wirkungsforschung Medienforschung

SCHRIFTENREIHE DER DEUTSCHEN GESELLSCHAFT FÜR PUBLIZISTIK- UND KOMMUNIKATIONSWISSENSCHAFT

Band 1:
Walter Hömberg (Hg.)
JOURNALISTENAUSBILDUNG
Modelle, Erfahrungen, Analysen
245 Seiten, DM 39,— (ISBN 3-88295-004-8)

Band 2:
Ulrich Paetzold (Hg.)
KABELKOMMUNIKATION
Organisation und Programme
152 Seiten, DM 24,— (ISBN 3-88295-005-6)

Band 3:
Hans Bohrmann / Josef Hackforth / Hendrik Schmidt (Hg.)
INFORMATIONSFREIHEIT
Free Flow of Information
voraussichtlicher Erscheinungstermin: Herbst 1978

Band 4:
Georg Wodraschke (Hg.)
MEDIENPÄDAGOGIK UND KOMMUNIKATIONSLEHRE
voraussichtlicher Erscheinungstermin: Ende 1978

Band 5:
Wolfgang R. Langenbucher (Hg.)
LOKALE KOMMUNIKATION UND IHRE MEDIEN
voraussichtlicher Erscheinungstermin: 1979

Weitere Bände sind geplant.

* * *

Lütge/Schweer

STUDIUM

– UND DANN?

Alles über:

- *Karriereplanung*
- *Bewerbungshilfe*
- *Arbeitsrechtsfragen*
- *Aufstiegschancen*
- *Auslandstätigkeit*
- *Versicherungsprobleme*
- *Startschwierigkeiten*